Walter Vugrin

Vom Abenteuer zum Albtraum

Erlebnisse während und nach dem Jahrhundertbeben im Himalaya

Vom Abenteuer zum Albtraum, Erlebnisse während und nach dem Jahrhundertbeben im Himalaya. Erste Auflage, Taschenbuchversion, September 2020.
nepal@vugrin.de
Design, Layout und Fotos: Walter Hans Vugrin
Lektorat: Dr. Bernt Knauber

KDP-ISBN: 9798667879985

Im Gedenken an über 9.000 Todesopfer
und über 2,8 Millionen Obdachlose,
in Folge des Erdbebens im Himalaya 2015.

DANKSAGUNGEN

Dank gilt meiner Familie und insbesondere meiner Frau Lara. Sie hat mich während der Entstehung dieses Buches stets als Zuhörerin und Ratgeberin liebevoll unterstützt.
Ich möchte dem ARD-Korrespondenten Jürgen Webermann danken. Erst die Ausstrahlung des Interviews in den Tagesthemen brachte meiner Familie die Gewissheit, dass unsere kleine Gruppe wohlauf war.
Auch dem Nachrichtenredakteur Thomas Senger möchte ich danken. Er hielt telefonisch mit uns Kontakt, als wir in Lukla festsaßen und war eine Zeitlang unsere einzige Verbindung in die Heimat. Nicht zuletzt seine Zeitungsberichte haben mich inspiriert, die Ereignisse ausführlicher zu dokumentieren.
Den Freunden danke ich für ihre Ermutigungen, mein Buchvorhaben zum Abschluss zu bringen.
Meinem Reiseveranstalter Nik danke ich für seine langjährige Begleitung als mein „Nepal-Mentor“. Er war es, der mir überhaupt erst den Blick in diese andere Welt geöffnet hat.

Inhalt

Vorwort

Keine Worte vermögen die mit den Erlebnissen verbundenen Gefühle und Empfindungen zu schildern, die mit einer der größten Katastrophen in der Geschichte Nepals einhergehen. Es kann immer nur ein Versuch bleiben, die mit Abstand ereignisreichste und bewegendste Episode meines Lebens als passionierter Himalayareisender wiederzugeben.
Was mit einer launigen Idee beginnt und sich anfangs zu einem zauberhaften Abenteuer entwickelt, wird am Ende von nie zuvor gekannter Dramatik begleitet. Noch heute, viele Jahre danach, werden beim Anblick der Fotos oder Durchlesen damaliger Reisenotizen meine Gefühle tief bewegt. Niemals können die damit verbundenen einprägsamen Erinnerungen verblassen.
Der vorliegende Reisebericht gewährt einen Einblick in das „Land der Bergriesen" und schildert die Vorkommnisse während und nach dem Erdbeben vom April 2015. Wir werden von den Auswirkungen unbezwingbarer Naturgewalten lesen, von Niedergeschlagenheit, Trauer und Bangen, aber ebenso von Nächstenliebe, Freundschaft und Vertrauen in eine höhere Führung. Was bleibt, ist für mich die letztlich grundlegende Lebenserkenntnis:

„Am Ende wird doch alles gut!"

Walter Vugrin, Oktober 2020

Nepal
नेपाल

National-Wappen und Flagge von Nepal.

Das überwiegend gebirgige Nepal liegt mitten im Himalaya zwischen Tibet und Indien. Es ist, nach Tibet, das höchstgelegene Land der Welt. Mehr als 40 % der Landesfläche liegen über 3.000 Meter.

Neben dem höchsten Berg der Welt, dem Mount Everest mit 8.848 Metern, liegen noch zehn weitere Achttausender in Nepal sowie mehr als 20 Berge, die höher als 7.000 Meter sind.

Landschaftlich gliedert Nepal sich in die drei Hauptzonen: Gangestiefebene, Mittelland und Hochgebirge.

Die Hälfte der Einwohner lebt in der Gangestiefebene, Terai genannt. Das subtropische Klima und hervorragende Bewässerungsmöglichkeiten, nebst dem häufigen, starken Monsunregen, machen das Terai, obwohl es nur 15 % der Landesfläche einnimmt, zur landwirtschaftlich wertvollsten Region in Nepal.
Im Mittelland, dem am ältesten besiedelten Gebiet, das Höhen bis 3.000 Meter erreicht, lebt etwas weniger als die Hälfte des anderen Bevölkerungsteils. Aufgrund der sehr stark schwankenden Höhenunterschiede ist das Mittelland verkehrstechnisch eine große Herausforderung. Die hauptsächlichste Fortbewegungsart ist daher das Laufen zu Fuß. Nur die Region rund um die Stadt Pokhara, die Hauptstadt Kathmandu und drei Bergdörfer, haben Straßenanbindung.

In der Hochgebirgsregion sind überwiegend die Talflächen bewirtschaftet, wobei Siedlungen auch in höheren Regionen zu finden sind. Ich erinnere mich, wie ich einmal vor einer Hütte in 5.000 Meter Höhe stehe und prächtige Salatköpfe bestaune, die inmitten eines verschneiten Gartenbeets wachsen. Es müssen wohl besondere Kräfte am Werk sein, die Pflanzen und Gemüse derart aufladen.
Mehr als hundert ethnische Volksgruppen und Kasten mit über 50 verschiedenen Sprachdialekten leben in Nepal.

Der überwiegende Bevölkerungsteil lebt, sich selbst versorgend, von Landwirtschaft und Viehzucht. Mit einem durchschnittlichen Jahreseinkommen von weniger als 150 US-Dollar gehört Nepal zu den ärmsten Ländern der Erde. Trotz der allgemeinen Grundschulpflicht können viele Kinder nicht am Unterricht teilnehmen, da sie der Familie helfen müssen. Oftmals begegnen mir Kinder im Hochgebirge, die als Lastenträger arbeiten, um den heimischen Haushalt zu unterstützen.

Die Pflanzenwelt Nepals ist vielseitig und verändert sich stark, je nachdem in welchen Höhen man sich bewegt. Neben Bambus sowie vielfältigen Blumen und Kräuterarten im Terai, gibt es in den Mittellagen uralte, verzaubert anmutende, Rhododendron- und Eichenwälder, viele Kastanienbäume oder Magnolien. Nadel- und Birkenwälder reichen bis an die Baumgrenze, die zwischen 4.000 und 5.000 Meter liegt.

Stimmungsbild aus dem Mittelgebirge.

Wie versteinerte Riesenschlangen winden sich die mächtigen Rhododendronwurzeln über diesen Waldboden.

An der Grenze zu Indien liegt der Chitwan Nationalpark, in dem unter anderem bengalische Tiger, indische Panzernashörner, Krokodile und Elefanten leben und in den höheren Lagen sehe ich Affen in den Bäumen herumturnen; doch gibt es im Gebirge auch Braunbären, Wildkatzen, Rehe und Hirsche.

Erwähnenswert sind die Yaks, welche nicht ohne Grund die Rückseite des Fünf-Rupien-Geldscheins zieren. Gäbe es in Nepal ein offizielles „Nationaltier", es wäre mit Sicherheit das Yak.
Yaks sind beliebte Nutztiere und bringen für das raue Himalaya-Gebirgsklima ideale Voraussetzungen mit. Temperaturen von −30 °C bis −40 °C sind für sie kein Problem.

Als ich 2010 im Everest Base Camp vor drei merkwürdig anmutenden Schneehügeln stehe, stapft ein Einheimischer mit einem Strohballen auf die Hügel zu, die sich daraufhin anfangen zu bewegen und zu schütteln. Drei Yaks kommen zum Vorschein.

Sie fressen während der kargen Wintermonate kaum mehr als zwei Kilogramm Futter pro Tag und bewegen sich trotz ihres Gewichts, das bis zu einer eine Tonne erreichen kann, auch auf schmalen Pfaden äußert trittsicher.

Das Fell wird zu Yakwolle verarbeitet, die zur Erzeugung hochwertiger Decken dient. Yak-Käse steht geschmacklich dem von Hauskühen in nichts nach. Weiter liefert das Yak Leder sowie Yak-Seife und der getrocknete Kot der Yaks ist ein hervorragendes, geruchsneutrales Brennmaterial für kalte Abende in eisigen Höhen.

Erreicht über einer Tonne Gewicht: Wildyak.

Im Land der Bergriesen

Beim Rückblick auf meine vergangenen Nepalreisen kommt mir der Gedanke, die Wahrheit spiele sich außerhalb der wahrgenommenen Realität ab. Außerhalb unserer Sinne wie das Sehen, Hören, Riechen oder Tasten. Das, was wirklich zählt, ist von anderer Beschaffenheit und durch tiefgreifende Erlebnisse wird man sehend, selbst wenn die irdischen Augen geschlossen sind.
Diese „Erkenntnis" ist gar keine, denn über die Gesetzmäßigkeiten glaube ich mich vor den Nepalabenteuern bereits gut informiert.

Dennoch verschieben diese Reisen Werte, rücken einiges zurecht und geben mir mehr, als ich zu hoffen wage. Und jedes Mal glaube ich von neuem:

„Der Ausflug meines Lebens".

„Wegbegleiter" auf dem Weg nach Gorak Shep, der letzten Bergstation vor dem Everest Base Camp.

Die Verwendung von Superlativen ist oftmals eine Verlockung. Daher nehme ich mir bei den Rückblicken immer genügend Zeit, die Erlebnisse aus entsprechendem Abstand zu betrachten. Für mich scheinen die Reisen in das Land der Bergriesen immer auch Reisen ins eigene Innere zu sein. Und von dieser Innenschau nimmt jeder Reisende eben so viel mit, wie er selbst zulässt. Selten verbringe ich mehr Zeit in Stille als während der Trekking-Touren.

Meistens alleine mit meinem Sherpa. Alleine mit mir. Stets bereit für das Auftauchen dieser einen, vielleicht seltsamen Frage: „Wer bin ich?“

Und der Gegensatz zur Stille?
Niemals zuvor tauchte ich ein, in derartigen Lärm und solches Chaos wie im Laufe des Aufenthalts in Kathmandu. Unvorbereitet ob der hereinbrechenden Farbenpracht, der zauberhaft anmutenden Kultur und ebenso des Schmutzes und bedrückender Armut.
Unvergesslich sind die Naturgewalten. Beeindruckend die Menschen. Menschen, deren natürliche, kindliche Herzlichkeit mich im Innersten berühren. Wie wenig Besitz und Glück in Zusammenhang stehen, vermag ich erst wirklich seit meinen Erlebnissen im „Land der Bergriesen“ zu ermessen!

Das auf 1300 m Höhe liegende Katmandu hat, zusammen mit den umliegenden Stadtteilen, etwa 2,5 Millionen Einwohner.

Bereits bei der Ankunft am Flughafen und dem anschließenden Transfer zum Hotel, kommen Augen, Ohren und Nase voll auf ihre Kosten. Ein wildes Durcheinander auf den Straßen, Gestank, Smog, exotische Düfte. Fremdartige Musik tönt hier und da. Menschen wuseln kreuz und quer. So viele, dass ich meistens den Überblick verliere und nicht weiß, wo ich die Kamera hinhalten soll.

Von der ersten Minute an überkommt mich immer wieder Begeisterung bezüglich der Authentizität in diesem „Abenteuerfilm“. Und völlige Überforderung. Keine Zeit zum Verarbeiten bleibt.
Im Hotel angekommen, fällt mir von Neuem etwas besonders auf, was mich während der gesamten Reisen begleiten soll: lächelnde Gesichter!

Straßenszene in Kathmandu. Bemerkenswert, die elektrischen Überleitungen.

In der Hotel-Lobby wartet bei jeder Ankunft mein nepalesischer Bergführer. Als einander Fremde traten wir vor über 10 Jahren die erste gemeinsame Himalaya-Tour an und gingen danach als Freunde auseinander. Ich habe den hilfsbereiten, aufmerksamen Burschen und seine Sherpa-Kollegen schon bald ins Herz geschlossen – für mich die zähesten, zuverlässigsten und körperlich wie charakterlich stärksten Menschen der Welt.

Die ersten Tage werden in der Hauptstadt Kathmandu verbracht. Kulturelle Akklimatisierung. Es stehen Besuche von Märkten, Klöstern und Tempeln auf dem Programm.

Sadhus, sogenannte „heilige Männer“ am Durbar Square in Kathmandu.

Den Gewürz- und Räucherwerkdüften gesellt sich in Tempelnähe oft auffallend starker Haschisch-Duft hinzu, umso mehr, wenn religiöse Feste gefeiert werden. Offiziell ist die Einnahme von Rauschmitteln jedoch streng untersagt.

Hauptreligionen in Nepal sind der Hinduismus und Buddhismus, wobei laut Aussage Einheimischer beide Strömungen einander beeinflussen, Kastengrenzen durchlässiger und weniger strikt scheinen als im benachbarten Indien, zu dem Nepal traditionell enge und freundschaftliche Beziehungen unterhält.
Indische sowie tibetische Einflüsse sind es auch, die sich in Nepals Bevölkerung am stärksten wiederspiegeln.

Tibetischer Mönch in Bodanath (Vorort von Kathmandu).

Drei freundliche, alte Herren in Bhaktapur. Das rund 80.000 Einwohner zählende Bhaktapur ist eine kleine Königsstadt des Kathmandutals und aufgrund der vielen Tempelanlagen überaus sehenswert.

Bhaktapur.

Die nepalesische Kost verdient nach meinem Dafürhalten besondere Erwähnung, denn ich erlebe jedes Mal am eigenen Leib, welche Kräfte energetisch hoch aufgeladenes Essen zu entfachen in der Lage ist. So sieht ein überaus beliebtes Frühstück bei Sherpas namens „Tsampa“ auf den ersten Blick aus wie ein schwer zu identifizierendes, grau-grünes Mus. Eine kleine Schüssel davon scheint jedoch zu verzaubern.

Tsampa oder Zampa, ist ein Grundnahrungsmittel aus Tibet und dem Himalaja, das auch in der Mongolei beliebt ist. Es besteht hauptsächlich aus geröstetem Gerstenmehl und salzigem tibetischen Buttertee (oft Yak-Butter).

Selten fühle ich mich danach so fit und gesättigt. Mein Lieblingsessen ist Dal Bhat, ein einfaches, preisgünstiges Alltagsgericht der südasiatischen Küche. Zutaten sind Linsensuppe, Reis und Gemüse.

Schmeckt einfach immer wieder umwerfend – Dal Bhat.

Momentaufnahme aus Kathmandu.

Oft ist die Fahrt in einer Rikscha sinnvoller, als die Fahrt mit dem Auto.

Mittag- und Abendessen während der Gebirgstouren setzen sich hauptsächlich aus Reis sowie gebackenem Gemüse zusammen, das gerne mit Linsen und verschiedenen Soßen gereicht wird. Zubereitet mit köstlichen Gewürzen, die ich scherzhaft „Yeti-Drogen" nenne, weil ich nach diesen Mahlzeiten voller Energie bin und nicht träge und müde. Während meiner gesamten Aufenthalte habe ich nie Hunger und verliere trotzdem immer zwischen 8 und 14 Kilo an Körpergewicht.

Die Abende während der Trekkingreisen sind weitgehend frei von elektronischen Medien. Zusammen mit Einheimischen sitzen die Touristen vor großen Halleröfen und erfreuen sich der molligen Wärme, die bei Verfeuerung getrockneter Yak-Exkremente entsteht. Brennholz ist ab gewissen Höhen sehr knapp, und so wird dankbar die „Gabe" dieser urtümlichen, zotteligen Kameraden verwertet.

Fühlen sich auch in 4000 m Höhe und bei Minusgraden „pudelwohl": Yak-Büffel.

Gespräche mit anderen Trekkern gestalten sich als angenehm. Manche der Trekking-Touristen fühlen sich wie ein Teil einer großen Familie, verbunden durch die gleiche, innere Einstellung und zusammengewürfelt aus aller Herren Länder.
Ich lerne Menschen aus Neuseeland, Australien, Taiwan, China, Frankreich und Kanada kennen. Je nach Route führt eine Reise ins ewige Eis jenseits der 6.000 Meter-Grenze.

Während der Reisen durch das Hochgebirge ändern sich die Gedanken auf heilsame Weise. Sie werden, wie die Luft, immer dünner, und irgendwann hört der Kopf auf zu denken. Es ist kalt, mitunter sehr anstrengend, das Atmen fällt schwer. Und während meine nepalesischen Begleiter manchmal barfuß in Turnschuhen herumspringen, trotte ich schnaubend in meinem Spezialschuhwerk mit doppeltem Futteral hinterher und habe kalte Füße.

Leise rauschen Winde durch die Gebirge, über schneebedeckte Berge im Riesen-Format und Schneefeen scheinen die Bergrücken zu streicheln.
Nach jeder Kurve, nach jeder Biegung entblättert die Natur neue Schönheiten und bei einigen der Trecking-Touristen entdecke ich beim ersten Anblick des Mount Everest feuchte Augen.

„Welche Quelle der Freude,
wenn man die Natur liebt“

Reinhold Messner

Auf unserer Tour zum Basecamp begegnen wir in den Bergdörfern diesen spielenden Kindern.

Stupa auf 4.200 m Höhe.

Es gibt schier endlos viele Motive, die es sich zu fotografieren lohnt. Und so entstehen während meiner Aufenthalte in Nepal bislang über 1.800 Fotos. Bei der Motivauswahl steht mein Wunsch im Vordergrund, dem Betrachter Gefühle, Stimmungsbilder, Empfindungen zu schenken und ihm eine bemerkenswerte, wie auch sehr schützenswerte, Welt fühlbar zu machen.

Immer empfinde ich die Rückkehr nach Kathmandu als besonderes Erlebnis. Ich sehe für uns Europäer Selbstverständliches mit anderen Augen. Eine „richtige“ Toilette und eine Dusche, warmes fließendes Wasser. Ein weiches Bett. Welch herrlicher Luxus! Mein vergleichsweise eher bescheiden eingerichtetes und bereits etwas in die Jahre gekommenes Zimmer, fühlt sich nach einem Aufenthalt im Gebirge wie ein Fünf-Sterne-Hotel an.

Gemurmel, das von der Straße heraufzieht, gurrende Tauben auf dem Fenstersims. Nach einem kurzen warmen Regenschauer vermischt sich der daraus resultierende Duft mit dem von Räucherstäbchen. Es bilden sich unbeschreibliche Gefühle. Ja, ich habe Nepal in den vergangenen Jahren ins Herz geschlossen.

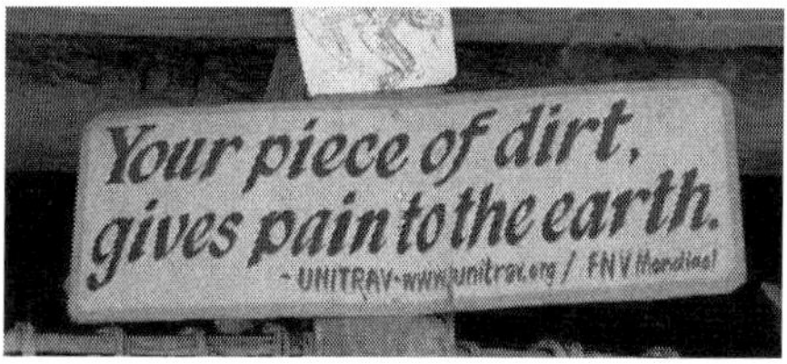

Dieses Schild finde auf dem Weg zum Dorf Dingboche (4340 m) an einer Hütte und mir kommt spontan in den Sinn, dass es auch eine nichtmaterielle Umweltverschmutzung gibt, an der alle Menschen arbeiten müssen.

„Wissen sollte man durch Weisheit ersetzen, dadurch wird Sorge schwinden. Alles nur mit dem Verstand erfassen zu wollen, wird Weisheit vertreiben.“

Konfuzius

Auf über 4.000 m pHöhe überholen uns diese Träger, während wir nach Luft japsend am Wegrand pausieren.

Die „Weisheit Asiens", das ist ein recht abgenutzter Begriff geworden, jedoch komme ich nicht umhin, ihn zu bemühen. Ich wünsche mir ein wenig mehr von der Weisheit Asiens für unsere westliche Welt. Diese Weisheit steht für mich im Gegensatz zu dem, was unser Denkapparat tagein, tagaus produziert. Die Weisheit, die ich meine, bedient in erster Linie seelische Bedürfnisse. Sie spiegelt sich nicht nur wider im Verhalten des Menschen, sondern auch im Zustand unserer gesamten Umwelt, der gesamten Natur. Würde sie doch helfen, vieles zu verbessern. Um uns und in uns.

Gebetsfahnen bei Stupa von Swayambhunath, Kathmandu.

„Wir sind, was wir denken. Alles, was wir sind,
entsteht aus unseren Gedanken.
Mit unseren Gedanken formen wir die Welt."

Buddha

Wie alles beginnt

Wie so oft im Leben werden Ideen nicht aus komplexen Planungen heraus geboren, sondern sie sind das Ergebnis von Zufällen. Obgleich der Begriff „Zufall“ durch die kommenden Ereignisse für uns eine nie da gewesene Qualität erhalten soll. Wir erfahren buchstäblich am eigenen Leib, welche Fügungen sich außerhalb des irdisch Erlebbaren in den kosmischen Weiten einer geistigen Welt verbergen.
Trotz allen Grauens reich beschenkt mit Erlebnissen welche in unsere Seele ein Relief zu prägen in der Lage sind, das nie verlöschen, nie verblassen und für immer präsent sein wird. Dankbarkeit fürs leben-dürfen, Ehrfurcht, Demut sind keine Worthülsen mehr, sondern gefüllt mit tiefem Empfinden.

Es ist an einem unserer Clubabende, an dem „der Club der Drei“, eine eingeschworene Gemeinschaft dreier Kameraden, auf meine nächste sTrekkingreise in Nepal zu sprechen kommt. Neben philosophieren, respektive dem Austausch gegenseitig fördernder Themen, wird unsere kleine, formlose Gemeinschaft getragen von der Idee, Freizeit grundsätzlich sinnvoll zu nutzen. Während ich mit heller Begeisterung von den Naturschönheiten Nepals schwärme und die Eckdaten meiner nächsten Himalaya-Reise kundtue, entnehme ich meiner Bibliothek einige Bildbände der vergangenen Aufenthalte. Endgültig und vollends beflügelt von den ausdrucksstarken Bildern beantwortet einer der Kameraden, Robert, meine (ursprünglich gar nicht so ernst gemeinte) Frage ob er bei der nächsten Reise nicht mitkommen möchte, spontan mit einem von Freude durchsetztem „ja, da würde ich mich gerne anschließen“.

So wird aus dem ursprünglich geplanten Einzelunternehmen unsere 2-er Gruppe.
Eine Reihe von Ereignissen, Gegebenheiten und scheinbaren Zufällen verleihen, im Rückblick betrachtet, dem Unternehmen jene glückliche Fügung, die uns letztlich wieder heil in die Heimat zurückreisen lässt.
Roberts Teilnahme ist eine davon. Bewahrt uns doch unser Zusammenspiel der gegenseitigen Unterstützung, aufbauenden Worte in der Not und ungebrochenen Kameradschaft vor vielleicht dem Schlimmsten. Sein vorausschauendes wie umsichtiges Handeln ist das ergänzende Gegengewicht zu meinem vorwärtsdrängenden Ungestüm um jeden Preis; ich gehe soweit zu sagen, es rettet uns mindestens in einer Situation das Leben.

Vor der Reise bespreche ich mit Robert unsere Packliste. Gerade eine Wanderung im Himalaya will auch hinsichtlich des Gepäcks gut geplant sein. Jedes zusätzliche Kilogramm wird in Höhenlagen ab 3.000 Meter gefühlt doppelt so schwer. Da wir in Lodges übernachten, entfällt zwar die Mitnahme von einem Zelt, trotzdem kommt einiges zusammen: ein Schlafsack mit Eignung für Temperaturen bis -20 °C, stabile Wanderschuhe als eines der wichtigsten Ausrüstungsgegenstände, Fleece-Pullover, Handschuhe, Schal, Kopfbedeckung, Wanderstöcke zur Entlastung von Beinen und Rücken sowie als zusätzlicher Halt im Gelände Multifunktionsjacke oder Daunenjacke, Regenhose, Regenjacke, Wanderhose, Sonnenbrille gegen Schneeblindheit, Taschenmesser, Kamera mit genügend SD Karten, Ladegerät, Erste-Hilfe-Beutel … insgesamt kommen über fünfzig Gepäckteile zusammen.

Roberts Frage, ob eine Taschenlampe und eine Stirnlampe ins Gepäck gehören, verneine ich, was sich im späteren Reiseverlauf als Fehler herausstellen soll.

Natürlich gehört die Stirnlampe mit zur Ausrüstung und bislang hatte ich immer eine dabei. Aber da ich nie davon Gebrauch machte und mein Augenmerk auf schlankes Packen lege, fehlt bei dieser Reise die Stirnlampe. Auch die Reiseapotheke ist von mir durch die Beschränkung auf die notwendigsten Artikel wie Blasenpflaster, Elektrolyt-Präparate oder Kopfschmerztabletten nicht optimal zusammengestellt und wird sich als unzureichend erweisen.
Es ist jedes Mal von neuem ein aufregendes Gefühl den Rucksack zu packen, um weit weg in der Fremde eine eindrucksvolle Reise zu erleben. Ein Hauch von Abenteuer begleitet die aufkommende Vorfreude auf die bevorstehende Tour im 6.600 Kilometer entfernten Himalaya.

Start in eine andere Welt

Am Freitag, den 17.04.2015 starten wir unsere Reise am Flughafen Frankfurt. Nach knapp acht Stunden Flugzeit landen wir in Indien. Der fünfstündige Aufenthalt am Delhi International Airport gestaltet sich kurzweilig und schließlich sitzen wir in der Maschine nach Kathmandu, um nach zwei weiteren Flugstunden am Mittag des 18. April in Kathmandu zu landen. Für mich beginnt eine weitere Reise in ein Land, das mich im Laufe der Jahre fasziniert hat wie kein anderes. Für Robert ist es sein erster Fußabdruck in einer exotischen Welt, in der man sich schnell in die Vergangenheit zurückversetzt fühlt.

*„Die Heimat des Abenteurers
ist die Fremde."*

Ohne unser Wissen beginnt bereits bei Umladen unseres Gepäcks in Delhi das Schicksal seinen Lauf zu nehmen. Denn die fünf Stunden Aufenthalt in Delhi reichen allem Anschein nach nicht aus, um unser Reisegepäck in die Maschine nach Kathmandu zu verladen. Was sich im ersten Moment als Ärgernis darstellt, soll sich später als Glücksfall erweisen. Wir verlieren zwei Tage Zeit und gewinnen dadurch wahrscheinlich das Leben, weil wir nicht „pünktlich" zum Abgang einer Lawine erscheinen.
Also machen wir uns ohne Rucksäcke vom Flughafen auf den Weg zum Stadtteil Thamel, um in unserem Hotel einzuchecken und anschließend Bergführer, Sherpa Tshering, zu begegnen. Am frühen Abend begeben wir uns in ein Restaurant und natürlich besteht das erste Abendessen in Nepal aus Dal Bhat; wie immer ein kulinarischer Höhepunkt, musikalisch abgerundet von den Darbietungen einer Folkloretanzgruppe. Fremdartig anmutende Musik, der betörende Duft von exotischen Gewürzen sowie die von zahlreichen Palmen eingerahmte, farbenfrohe Umgebung im halb überdachten Hof des Restaurants, lassen uns entspannt in die bequemen Bambus-Stühle zurücksinken. Wir befinden uns in der Phase der kulturellen Akklimatisierung.

Tags darauf findet anlässlich eines Kindergeburtstags ein privater Besuch bei Freunden statt. Es gibt Hühnchen mit Reis, Gemüse und für das Geburtstagskind eine grell-bunt dekorierte Torte. Von der ersten Minute an gehören wir dazu, sind Teil der Familiengemeinschaft.

Unsere freundliche Gastgeberin.

Herzlicher Empfang an der Haustür.

Wer kann wohl „nein“ sagen bei bei dem freundlichen Service?

Ein Willkommen und freundliche Worte
mangeln niemals in dem Hause eines
guten Menschen.
Indisches Sprichwort

Die Zeit in Kathmandu vergeht wie im Flug. Eine Vielfalt bunter Eindrücke und das rege Treiben lassen die Stunden nur so dahinschmelzen. Da ist zum Beispiel die Tempelstätte Pashupatinath (an deren Nebenfluss des Ganges Feuerbestattungen stattfinden), Swayambunath (auch als Affentempel bekannt), Durbar Square (Königsplatz) oder, wenn die Beine schwer werden, die Augen müde und der Kopf nicht mehr aufnahmefähig, das Stadtviertel Thamel mit seinen Cafés, Bars, Restaurants und Einkaufsständen.

Mönch, Swayambunath.

Robert hat sichtlich Spaß bei unserer Tour durch Thamel. Es wird einfach alles angeboten, was als Mitbringsel interessant ist. Von Schmuck über Gebetsfahnen, Kaschmirschals, Klangschalen und vieles mehr.

Der Besuch eines Schmuckladens entwickelt sich zu einer lustigen Plauderstunde mit Tee und Gebäck.

Einer der Marktplätze in Kathmandu. Im gegenüberliegenden Gebäude legen Robert und ich eine Pause ein und genießen von der Dachterrasse den Ausblick auf das Treiben unter uns.

Altes Holzhaus in der Innenstadt.

19.04. Nach ausgedehntem Bummel durch das Touristenviertel Thame und einer Tour durch die Vorstadt, verspüren Robert und ich den Wunsch, dem Verkehrslärm und dem Rummel zu entkommen. Was liegt also näher, als ein Besuch im „Garden of Dreams“? Wird es einmal zu hektisch und zu laut in der Stadt, ist ein Besuch im Garden of Dreams wie die Flucht auf eine paradiesische Insel.

Restaurant & Café, im Garden of Dreams.

Die knapp 7.000 Quadratmeter große, parkähnliche Anlage liegt hinter einer hohen Mauer aus roten Backsteinen. Nichts lässt darauf schließen, was für ein Idyll sich dahinter verbirgt und mit dem Eintreten durch das Eingangsportal empfängt uns mit einem Mal - Stille.

Malerische Pavillons, Springbrunnen, Amphitheater, kleine Teiche und viele liebevoll gestaltete Elemente erfreuen die Sinne. Es duftet süßlich nach Blumen, im Teich schwimmen Zierfische unter den Seerosen hindurch. Viele kleine, große, bunte Schmetterlinge umfliegen Orchideen, Lotusblüten, Lilien und Wasserblumen.

Die Säulengänge sind mit Efeuranken zugewachsen, Palmen und große Büsche spenden Schatten. Uniformierte Parkwächter verteilen jeden Morgen um 9:00 Uhr bequeme Liegematten auf den gepflegten Rasenflächen, auf denen sich Besucher ausruhen können. Robert besucht das Café und ich lasse mich auf einer der Matten nieder. Ich denke über meinen ersten Besuch hier nach.

Wie war das damals? Warum hat es mich nach Nepal verschlagen?

Nepal ist nicht gerade ein alltägliches Reiseziel und die Motivation für diesen ungewöhnlichen Tapetenwechsel, war einer schweren Lebenskrise geschuldet. 2009 wird bei mir eine rapide fortschreitende Augenkrankheit diagnostiziert. Ich suche ein Jahr lang Spezialisten in ganz Europa auf, doch nichts hilft. Schließlich bin ich derart ausgelaugt, dass ich meine verbissene Suche nach einer Hilfe im Außen aufgebe. Loslassen und innere Einkehr sowie ein scheuer „Blick nach oben“ folgen.

Was will mir das Schicksal im Jahr 2009, mit der niederschmetternden ärztlichen Diagnose, dass in spätestens zwei Jahren „die Lichter ausgehen“, wohl sagen? Schicksal: „Schick“ steht für Übermitteln, und „sal“ für das Heil oder die Heilung. Bis zu diesem Zeitpunkt glaube ich daran, aus eigener Kraft Berge versetzen zu können und halte mich auch spirituell für interessiert. Doch innerhalb eines Jahres bricht alles zusammen wie ein Kartenhaus. Vorbei ist´s mit Vollgas, und angesichts trüber Zukunftsaussichten verfalle ich in eine tiefe Depression. Nach einem zweiwöchigen Aufenthalt in einem Franziskanerkloster, unter Einhaltung absoluten Schweigegelübdes, fliege ich nach Nepal. In der Natur des Himalayas lerne ich die Begriffe der Entschleunigung, Stille sowie Demut neu kennen, die bei jeder Reise wiederbelebt werden.

Märchenhafte Oase der absoluten Stille und Entspannung: Der „Garden of Dreams", inmitten von Kathmandu, ist eine willkommene grüne Insel zur inneren Einkehr.

Erste Nacht im Himalaya

Am Montag den 20.04 ist es soweit. Um 6:00 Uhr früh fahren Sherpa Tshering, Robert und ich mit dem Taxi zum Flughafen Kathmandu, um vom dort angrenzenden Regionalflughafen zum Tenzing-Hillary-Flughafen nach Lukla weiterzufliegen, dem Ausgangspunkt für unsere Trecking-Tour zum Mount Everest Base Camp. Die ansonsten überfüllten Straßen, in denen sich normalerweise jede Fortbewegung mit dem Taxi zu einem kleinen Abenteuer im absoluten Verkehrschaos entwickelt, sind so früh am Morgen noch frei und so erreichen wir frühzeitig den Flughafen, an dem bereits reges Treiben herrscht.

Lukla liegt auf 2.850 Metern und wird bei guten Wetterverhältnissen mehrmals am Tag von Kathmandu aus angeflogen.

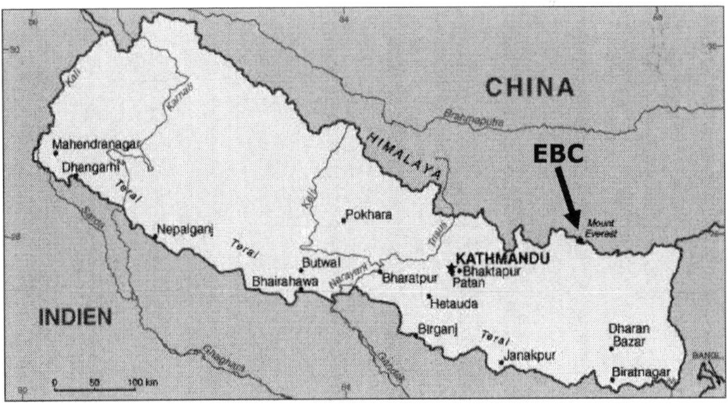

Unser Ziel ist das Everest Basecamp (EBC). Ab dem Beginn in Lukla, nimmt die Tour zum EBC, je nach Akklimatisierung, ca. 10 bis 14 Tage in Anspruch.

Nach Durchlaufen der Sicherheitskontrolle in Kathmandu, bei der unser Gepäck nicht nur kontrolliert, sondern auch sorgfältig abgewogen wird, bringt uns ein Mini-Bus zum Flugzeug.
Wir besteigen mit 15 weiteren Fluggästen die Maschine und während diese noch aufgetankt wird, verteilt eine freundlich lächelnde Flugbegleiterin Bonbons (zur Beruhigung?) und Ohrenstöpsel als Lärmschutz.

Bleibt bei den späteren, heftigen Turbulenzen die Ruhe selbst: Unsere Flugbegleiterin.

Die Maschine ist sichtbar in die Jahre gekommen; ich schmunzle, als ich entdecke, dass um den Schubhebel im Cockpit Klebeband als Ersatz für den fehlenden Griff gewickelt ist.

Nach einigen Inlandsflügen in den vergangenen Jahren bin ich jedoch entspannt und die lässig wirkenden Piloten mit ihren abgewetzten, schwarzen Lederjacken sind für mich die wahren Helden der Lüfte.

Die mit dem Flug durch die Hochgebirgsregion verbundenen Herausforderungen an das fliegerische Können sind einzigartig und machen die Piloten zu Meistern ihres Fachs - aufgrund der Lage von Lukla überlebenswichtig.

Luftlöcher und Turbulenzen schütteln die Maschine, eine Bombardier Twin Otter DHC-6, im letzten Drittel des Flugs kräftig durch. Dann nähern wir uns Lukla, dessen Landebahn besorgniserregend kurz aussieht, an einer 600 Meter steilen Felsenfront beginnt, sich leicht schräg nach oben neigt und abrupt an einer Steinmauer endet. Wir sind umgeben von Bergketten, durch die ein strammer Wind pfeift und unseren Anflug auf die nur 30 Meter breite Piste zum wahrhaft atemberaubenden Manöver macht.

Flughafen Lukla. Unmittelbar am Ende der Landebahn beginnt der Abgrund.

Es entsteht der Eindruck, dass unsere Turboprobmaschine, gefühlt überall mit Klebeband notdürftig zusammengehalten, gleich auseinanderbricht, aber nachdem die Fahrwerke ausgefahren sind, setzen wir sicher auf.

Landen in der Hauptverkehrszeit alle 15 Minuten: STOL-Turbopropmaschinen.

Ist das Wetter schlecht, dann stehen die Propeller auf dem Flughafen still, denn auch zurückgeflogen wird nur auf Sicht, und so kann es immer wieder sein, dass Reisende bei Dauerregen eine Woche oder länger in Lukla festsitzen.

Da Lukla selbst nichts Fesselndes zu bieten hat, planen wir, umgehend mit der Trecking-Tour zu starten.

Die Wanderungen dauern zwischen 3 bis 8 Stunden zwischen den einzelnen Etappen, führen durch subtropische Landschaften, vorbei an Bananenstauden, blühenden Rhododendronbäumen und allerlei Blumen, welche die Wegesränder säumen. Auf und ab geht die Reise im Himalaya, die Luft wird mit zunehmender Höhe merkbar dünner. Vor uns liegen Orte mit Namen wie Phadking, Phunki-Draga, Monjo, Tawa, Chairikharka, Gumela, Namche Basar oder Gorak Shep.

Es sind Tage unter wärmender Sonne zu erwarten und Nächte, in denen das Wasser in der Feldflasche gefrieren kann, sanitäre Bedingungen bei denen einem so manches Mal schaudert und Kurioses, wie zum Beispiel Träger, die Lasten transportieren, bei denen so mancher europäische Gewichtheber bereits nach kurzer Zeit zusammenbrechen würde.
Übernachten werden wir in sogenannten Lodges, einfachen Stein- oder Holzhäusern, in denen auch die Verköstigung erfolgt.
Nachdem wir unsere Rucksäcke eingesammelt haben, lernen wir den vierten im Bunde kennen, den Träger Puri. Die Tour kann beginnen!

Einmal im Jahr solltest du einen Ort
besuchen, an dem du noch nie warst.

Dalai Lama

Wir brechen kurz nach Mittag auf. Die Stimmung ist bestens und das Wetter hervorragend, typisch für die Jahreszeit. Ich weiß noch nichts von dem, was uns sonst noch bevorsteht und uns physisch sowie psychisch an die Grenzen unserer Belastbarkeit bringen wird. Für die erste Etappe unserer Wanderung sind drei Stunden eingeplant.

Es ist von Beginn an wichtig, die Tour langsam anzugehen und dem Körper genügend Zeit für die Akklimatisierung zu geben. Der Weg ist an beiden Seiten gesäumt von Rhododendron- und Magnolienbäumen und manchmal habe ich den Eindruck als durchschritten wir einen kleinen Urwald.

An einigen Abschnitten sind sogenannte Mani-Steinmauern zu bestaunen, die uns während der gesamten Reise immer wieder begegnen werden.
Es handelt sich um gravierte oder beschriftete Steine oder Steinplatten, die von Pilgern im Bereich von Tempeln, Stupas und Klöstern, aber auch heiligen Orten, wie Passhöhen und an Wegkreuzungen, hinterlassen werden. Sie entstammen der tibetisch-buddhistischen Kultur und haben den Zweck, Hindernisse auf dem Weg des Lebens zu entfernen und das Karma der Verstorbenen zu reinigen, um im künftigen Leben eine glücklichere Wiedergeburt zu erlangen. Die Gebetsformeln sind über zweitausend Jahre alt und deren populärstes Mantra ist das „Om mani padme hum“.

Om mani padme hum in tibetischen Schriftzeichen ། ཨོཾ་མ་ཎི་པདྨེ་ཧཱུྃ།

Einige der größeren Mani-Steinplatten sind mit farbenprächtigen Bildern bemalt, unter anderem den „Augen Buddhas“. Diese „Augen Buddhas“ befinden sich auch auf den vier Stirnseiten der unzähligen, buddhistischen Bauwerke, den Stupas.
Wir wandern vorbei an den Dörfern Chaurikharka, Chenung sowie Thadkosi. Bei den optimalen Wetterverhältnissen kommen wir zügig voran und vor allem Robert entwickelt sportlichen Ehrgeiz.
Die Sonne lacht, es weht ein warmer Wind, so dass uns die Wanderung, nicht zuletzt wegen dem 13 kg schweren Rucksack, den Schweiß auf die Stirn treibt. Alles Gewöhnungssache und außerdem werde ich aufgrund der Bewegung, nebst Essensumstellung ohnehin einige meiner eigenen Kilos verlieren, was mir das Tragen erleichtern wird.

Die Kulissen sind von Beginn an etwas Besonderes.

Immer weiter geht's, mein Blick schweift in die Ferne und ich denke daran, als ich das erste Mal diesen Pfad betrat. Fünf Jahre sind seit seither vergangen und noch immer kann ich mich, entgegen jeder medizinischen Logik, an den Ausblicken auf die Natur erfreuen. Die Dankbarkeit hierfür weicht oft alltäglichen, banalen Herausforderungen, die ich in der Heimat zu bewältigen habe.

Manchmal stelle ich mir die Frage, was die Lektion der letzten Jahre war und hinterfrage vor allem meinen beruflichen Werdegang. Alles läuft hervorragend, ich habe als Vertriebsleiter einer international tätigen Firma große Erfolge und erziele hohe Gewinne für das Unternehmen.

Die trotz extremer Reisetätigkeit relativ stabile Gesundheit nehme ich gerne zur Kenntnis, allerdings ist eine gescheiterte Ehe der hohe Preis, den ich für den schalen Geschmack eines oberflächlichen Erfolgs bezahle.

Erfolg? Wenn meine schwere Augenerkrankung mir als Weckruf für eine Kurskorrektur gegeben wurde, ist die heutige Bilanz ziemlich ernüchternd. Ich arbeite in der Werbemittelbranche und, wenn ich ehrlich zu mir selbst bin, sind unsere wunderschönen Produkte spätestens nach 4-8 Wochen Müll. Kann ich das als erfolgreiches Dasein bezeichnen? Wird auf dieser Welt durch meinen Beruf nur ein einziger hungernder Mensch satt, ein unglücklicher glücklich
oder ein unwissender wissend?
Im gleichen Moment, als ich die Frage, innerlich beschämt, mit einem Nein beantworten will, meldet sich sofort die Stimme des Verstands in mir: irgendetwas muss man arbeiten und Geld ist schließlich wichtig. Wie sollte ich die beiden Söhne beim Studium unterstützen, wie das Haus abbezahlen und … wie jene Dinge kaufen, die ich eigentlich nicht brauche, um damit Leuten zu imponieren, die ich nicht mag?

Ich bin noch in Gedanken, als ich nach einer Biegung, Robert, Tshering und Puri vor einem Haus sitzen und etwas essen sehe. Ich muss meinen Gang unmerklich verlangsamt haben, denn wie sie mir erzählen, pausieren sie bereits eine ganze Weile.
„Walter, was ist los? Wir haben Dich schon vermisst."
„Guten Appetit, ihr Drei. Habt ihr für einen hungrigen Wandersmann noch etwas übrig?

Robert, trotz zunehmend dünner Luft und leichtem Kopfweh bestens gelaunt.

Wir sind nun seit 3 Stunden unterwegs. Robert klagt über leichte Kopfschmerzen und außerdem bekommen wir erneut Hunger. Daher wollen wir im nächstmöglichen Haus mit Bewirtung einkehren. Zu unserem heutigen Etappenziel Phadking, ist es noch eine gute Stunde Fußmarsch.
Die Wanderung wird fortgesetzt und nach einer halben Stunde ist vor uns auf einmal ein großer Blätterbusch zu sehen, der sich selbstständig fortbewegt. Ich stelle mir im ersten Moment die Frage, ob ich vielleicht aufgrund der Höhenluft an Halluzinationen leide, doch dann bemerke ich zwei dünne Beine unter dem Bündel.
Nicht das letzte Bild, das zum Schmunzeln oder Staunen verleitet.

Von hinten Waldschrat, von vorn alter Mann mit Grünzeug.

Immer optimistisch bleiben, die Stützen werden schon halten!

Immer weiter

Unsere Nepalesische „Küchenfee“.

Hunger! Nach der ersten Zwischenetappe machen wir eine längere Rast in einer der zahlreichen Lodges, die am Wegrand liegen und hungrigen, erschöpften Trekkern Kost und Logis anbieten. Zwischenzeitlich macht sich selbst bei Roberts sportlicher Kondition die Luftveränderung bemerkbar. Köchin Shambhav lädt uns in ihre Küche ein und bereitet, ständig mit einem breiten Lächeln auf den Lippen, eine warme Mahlzeit zu. Überall riecht es nach exotischen Gewürzen, in den Töpfen blubbert und brodelt es in einem fort.

Tshering, Puri, Robert und ich sitzen an einem kleinen Holztisch, im Hintergrund tönen fremdartige Klänge aus einem uralten Kofferradio; langsam fallen mir die Augen zu und ich höre das Gesumme wie aus weiter Ferne.
Irgendwann gesellen sich weitere Gäste hinzu und der Duft von Gekochtem holt mich rasch aus meinem Dämmerzustand.

Mittagsrast.

Wir lassen uns die Mahlzeit schmecken und sind ganz im Hier und Jetzt. Mein Blick ruht auf meiner leeren Schüssel mit Tsampa und ich denke – nichts. Obwohl, so eine Portion könnte ich schon noch vertragen. Als könne sie Gedanken lesen, eilt Shambhav mit einem breiten Lächeln im Gesicht herbei und gibt mir noch einen Nachschlag Tsampa-Brei.

Ein voller Magen hebt die Stimmung.

Himalaya Küchentechnik.

Vier US-Dollar für ein Leben? Der kleine Junge, der das Essgeschirr aufräumt, blickt ein wenig traurig um sich und als ich durch Tshering bei unserer Köchin anfragen lasse, was dem Bub fehle, erfahre ich, dass ihn seit Tagen ein entzündeter Zahn plagt. Erst jetzt fällt mir seine geschwollene linke Wange auf.

Um zu einem Zahnarzt zu gelangen muss Sarub, so sein Name, einen vierstündigen Fußmarsch absolvieren und dann noch einmal acht Stunden mit dem Bus fahren. Davon abgesehen kostet es viel Geld. Was passieren mag, wenn die Entzündung fortschreitet, kann ich mir leicht ausmalen. Im schlimmsten Fall kann Sarub daran sterben und so entschließe ich mich kurzerhand das „viele Geld" zu spenden.

Es sind umgerechnet etwa vier US-Dollar.

„Robert, die Aktion mit dem Zahnarzt für den kleinen Sarub kostet vier US-Dollar. Ist schon krass, oder?
„Für die Leute hier ist das viel Geld, Walter."
„Hast Du mal ausgerechnet, was wir fürs Essen bezahlt haben?"
Robert beginnt zu rechnen: „Ich glaube, es sind umgerechnet etwa zwei Dollar."
„Genau, und es hat doch super geschmeckt, oder?"
„Ja, keine Frage. Gesunde, nahrhafte Zutaten. Alles bio, alles gut."
„Und ich glaube, wir zahlen als Touristen ohnehin bereits mehr fürs Essen. Trotzdem gibt es in Nepal einen ganzen Haufen Leute, die sich kaum ein Essen leisten können. Ich bin wegen der Sache mit dem kleinen Sarub darauf gekommen. Und bei uns zu Hause werden Tonnen von Nahrungsmitteln weggeworfen. Manchmal sind die Verhältnismäßigkeiten ziemlich verrückt."
„Walter, Du kannst nicht Äpfeln mit Birnen vergleichen, aber vom Prinzip gebe ich dir natürlich absolut Recht. Doch nicht nur Nahrung, sondern auch Trinkwasser ist für viele Menschen ein Problem. Das mit dem Wasser ist nicht ohne.""
Ich bleibe kurz stehen, drehe mich um und werfe ihm einen verschmitzten Blick zu: „Deshalb sorgst Du als Veganer dafür, dass keines verschwendet wird."
„Wie meinst Du das jetzt?"
„Na, das liegt doch auf der Hand. Überlege mal, was so eine Rinderaufzucht an Wasser kostet! In Amerika hat´s mal die WFNO (Water Foodprint Network Organization) ausgerechnet. Sage und schreibe 15.000 Liter pro Kilo Rindfleisch."
„Nicht dein Ernst, das kommt mir viel vor."

„Es setzt sich zusammen aus Bewässerung vom Futter, Stallreinigung und so weiter. Das wenigste ist Trinkwasser für die Tiere selbst. Aber sei´s drum, was mir trotz aller Unzulänglichkeiten immer wieder auffällt, ist die kindliche Unbeschwertheit der Leute hier. Du wirst hier immer lächelnde Gesichter um Dich haben."
Robert wirft mir einen nachdenklichen Blick zu: „Das Glück, auch in deinem Leben mein Freund, hängt in erster Linie von der Beschaffenheit deiner Gedanken ab."
Nicht nur schöne Erlebnisse in gewaltiger Natur, sondern zwischenmenschliche Begebenheiten, wie die mit dem kleinen Sarub, machen die Reisen ins Land der Bergriesen so wertvoll. Es ist ein Perspektivwechsel der hilft, Achtsamkeit im Denken und Tun zu fördern.
Weiter geht es schließlich, immer weiter. Hinauf und wieder ein wenig abwärts, um im Anschluss wieder die nächste Steigung zu bewältigen. Hinter jeder Biegung entblättern sich mit zunehmender Höhe immer neue wunderschöne Aussichten und obwohl es nicht die erste Reise für mich ist, bin ich mindestens genauso verzückt wie Robert, der aus dem Staunen scheinbar nicht mehr herauskommt.
Die Laune steigt mit jeder Etappe die wir näher, höher am Ziel sind: dem Mount Everest Base Camp, das wir in gut zehn Tagen erreichen wollen. Es dauert allerdings nicht lange, bis die Stimmung ein wenig gedämpft wird. Robert hat Schwierigkeiten mit der Akklimatisierung. So sehr, dass unser Träger einige Male beim Tragen des Rucksacks aushelfen muss. Knoblauch und Ingwertee sollen Wunder wirken und so wird Robert mit der Medizin der Sherpas großzügig versorgt. Abgerundet mit ein paar aufbauenden Worten von mir, wird schon alles gut.

Der Körper muss sich eben, im Gegensatz zu den Einheimischen, langsam an die Höhenluft gewöhnen.
In jedem der Orte, bis hin zum letzten großen Gebirgsdorf Namche Basar (das auch Einstieg in die Everest-Region ist), sehen wir spielende, tobende, rennende Kinder deren Kondition bewundernswert ist. Selbst die einheimischen Greise sind uns diesbezüglich weit überlegen.

Der Organismus der Einwohner ist auf (für die Wissenschaft noch nicht völlig erklärbare) wundersame Weise, perfekt an die Höhe angepasst. Auch das Kälteempfinden ist von unserem grundverschieden.

Ich erinnere mich an meinen Aufenthalt im Annapurna Base Camp vor drei Jahren: Ich liege zitternd in der Blockhütte, im Daunenschlafsack, mit mehreren Decken über und unter mir und zur gleichen Zeit klopfen drei singende, scherzende Sherpas die Eisplatten von der Terrasse herunter. Als die Buschen in die Blockhütte kommen und ihre Gummistiefel ausziehen, sehe ich, dass sie barfuß sind. Die Außentemperatur beträgt minus 20° C.
Beim Rückweg lösen sich die Sohlen von meinen Wanderschuhen und nur durch das Improvisationstalent meines Sherpas, werden die Zehen vor ernsten Erfrierungen bewahrt. Er bastelt aus Klebstoff, Schnüren und alten Lumpen einen brauchbaren Ersatz.

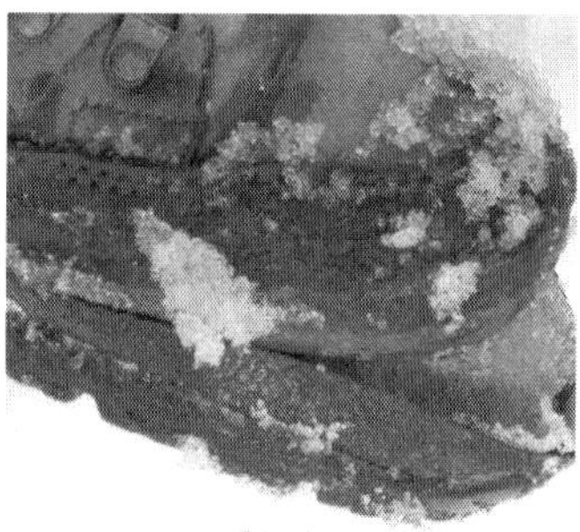

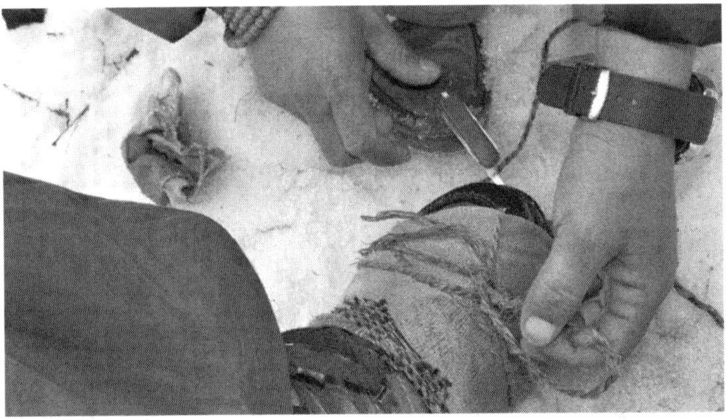

Schuhreperatur auf 4.205 Metern Höhe und bei -20°C.

Annapurna B. C. 2012. Trotz bitterer Kälte ist die Stimmung bei den Sherpas bestens.

Bild oben: Buddhist mit Hand-Gebetsmühle. Unten: Auch die Ältesten verrichten körperlich schwere Arbeit. Es wird auf dem Feld mitgeholfen, Brennholz transportiert oder beim Hausbau mit angepackt.

Jede Minute, die man lacht,
verlängert das Leben um eine Stunde.

Welch Neugier, Scheu, Skepsis, Trotz und Mut zugleich, liegen doch in diesem Blick.

Phadking, 20.04.2015.

Am frühen Abend des 20.04. treffen wir in Phadking auf 2.600 m Höhe ein. Phadking liegt am Wildwasserfluß Dudh Kosi, was soviel bedeutet wie „milchiger Fluss". Die Namensgebung verdankt er den mitgeführtem hellen Gesteinsablagerungen. Das Gefälle dieses Flusses ist extrem groß, sein Rauschen ist schon von weitem zu hören, was nicht verwundert bei Fließgeschwindigkeiten von fast 50 km/h.
Wir haben einen langen, ereignisreichen Tag hinter uns. Die Fahrt um 6:30 Uhr zum Regionalflughafen in Kathmandu, der Flug nach Lukla und eine erste Etappe, die es in sich hat, mit ständigem Auf und Ab. Hinzu kommt die Höhe, an die sich der Körper gewöhnen muss. Als wir uns draußen vor unserer Lodge niederlassen, kümmern sich sogleich zwei freundliche „Reiseführer" um Robert und mich.

Norbu (rechts) und Bikar (links) heften sich uns bei der Ankunft in Phadking an die Fersen und erweisen sich als wahre Spaßvögel. Wir lachen viel zusammen.

Der erste Tag voller spannender Erlebnisse im Himalaya neigt sich schließlich dem Ende zu und wir lassen den Tag vor unserer Lodge ausklingen. Der Aufenthalt draußen währt nicht lange, denn kurz nach Sonnenuntergang wird es sehr schnell kalt.

21.04. Der erste neue Tagesablauf beginnt morgens um halb sieben. Ich kann nicht länger liegen bleiben, weil mir die Knochen wehtun. Es braucht immer eine Weile bis ich mich an die Enge des Schlafsacks und die, im Vergleich zum Hotelbett in Kathmandu, harte Holzpritsche im Zimmer gewöhnt habe. Noch schläfrig suche ich den Waschraum für die Morgentoilette auf, ein spärlich eingerichteter Unterstand, in dem etwa die gleiche kalte Temperatur wie draußen herrscht. Das eiskalte Wasser erfrischt und macht mich hellwach. Eine Herausforderung stellen die Plumpsklos dar, die meist aus einem Loch im Holzboden bestehen und in die oft der Wind aus allen Ritzen hereinpfeift. Auf dem Gang kommt mir Robert entgegen, er sieht noch sehr müde aus. Nachdem wir uns zum Frühstück verabreden, betrete ich als Erster den gemütlichen Speiseraum.

Waschraum.

Es gibt verschiedene Gerichte zur Auswahl: Yak-Käse mit Chapati (Fladenbrot), Eier-Omelette mit gebackenem Reis, Knoblauchsuppe, Tsampa-Brei. Ich entscheide mich für eine Schüssel Tsampa-Brei. Der aus Gerste zubereitete Brei gewährleistet eine langanhaltende Energieversorgung, enthält wertvolle Kohlenhydrate, viel Eiweiß, Ballast- sowie Mineralstoffe und unterstützt die Verdauung, die aufgrund von Dehydrierung, nebst dünner Höhenluft manchmal unangenehme Probleme bereiten kann.
Um 8:00 Uhr brechen wir gestärkt und hoch motiviert auf. Unser nächstes Ziel ist Jorsale auf 2.850 Metern Höhe. Die Wanderung verläuft rechts des Dudh Kosi bis wir die erste Hängebrücke überqueren und links vom Fluss durch einen lichten Wald weiterwandern. Bei dem Dorf Monzo machen wir Halt. Unsere kleine Gruppe befindet sich vor dem 1.148 km² großen Sagarmatha Nationalpark für den wir spezielle Ausweise benötigen, die an einem hierfür eingerichteten Kontrollposten ausgestellt werden. Es ist beinahe ein feierlicher Moment, als wir über einen alten, schmalen Holzsteg die Grenze zum Nationalpark überschreiten. Die Landschaft ist von schroffen Gipfeln und weiten Tälern geprägt; wir sind nun auch mental endgültig im Himalaya angekommen.

„Reisepass" in den Nationalpark und zum Everest Base Camp.

Um 14:00 Uhr erreichen wir Jorsale. Hier verbleiben wir zwecks Akklimatisierung bis zum nächsten Tag und sparen uns dadurch einen Ruhetag im Ort Namche Bazaar, der morgen unser nächstes Ziel sein wird.

22.04. Immer schmaler werden die Pfade und manches kleine Häuschen scheint regelrecht am Bergfelsen zu kleben. Oft begegnen wir Trägern, die enorme Lasten transportieren.
Das immer deutlicher werdende Gebimmel von Glöckchen lässt uns aufhorchen und mit einem Mal überholen uns ein Dutzend bunt geschmückter, mit zahlreichen kleinen Schellen behangener, Bergponys. Kurz darauf kommen uns einige Maulesel entgegen, schwer beladen mit Metallrohren. Ich mag Esel, sie haben etwas friedliches. Weniger harmlos soll allerdings die nächste Begegnung mit einer Herde Yaks werden. Tshering, Puri und Robert sind vor mir hinter einer Biegung verschwunden, ich selbst bin ein wenig zurückgefallen und schaue verträumt auf den unwegsamen Pfad, als ich Tshering von weiten rufen höre: „Mr. Walter take care, danger!“
Was meint Tshering nur, wo soll eine Gefahr lauern?
Kaum habe ich den Gedanken zu Ende gebracht, steht ein ausgewachsenes Yak vor mir. Der Bulle trabt wie eine Dampfwalze bergab, wiegt schätzungsweise 400 Kilogramm und so wie die Dinge liegen, sollte ich mich auf keine Diskussion einlassen, wer „Vorfahrt“ hat.
Im letzten Moment weiche ich aus und presse mich an die Felswand. Zu spät. Mit einem seiner mächtigen Hörner verfängt sich der zottlige Riese beim Vorbeistapfen in meiner Gürtelschnalle und hebt überrascht den Kopf.

Ich werde samt Rucksack einen halben Meter hochgehoben, als würde ich nicht mehr als ein Blatt Papier wiegen. Der Schreck fährt mir in die Glieder, ich schreie nach Leibeskräften, der Bulle brummt, schüttelt kurz den Kopf und ich plumpse neben ihn auf den Pfad.
Wir schauen uns verdutzt an, noch niemals habe ich einem Yak von solcher unmittelbaren Nähe in die Augen geschaut und glaube, ganz unvermittelt zu verstehen, was das Tier denkt: „Pass das nächste Mal besser auf."

Schwankende Hängebrücken, atemberaubende Panoramen und manchmal auch Atemnot sind unsere Begleiter. Als Höhepunkt auf dieser Wegstrecke überqueren wir die bekannte Hillary Bridge. Hoch über dem Canyon schaukelt die Konstruktion aus Stahlseilen im Wind und gewährt einen phantastischen Ausblick ins Tal unter uns. Danach erreichen wir den beeindruckenden Ort Namche Basar auf 3.440 m.

Das Lächeln täuscht. Die Träger, leisten knochenharte Arbeit, bei der Lasten bis zu 90 kg und mehr transportiert werden.

Namche Bazaar ist das „Eingangstor“ zum Hoch-Himalaya und der letzte größere Ort im Gebirge. Es gibt zahlreiche Geschäfte in denen man Souvenirs, Schmuck, Kunsthandwerk oder Bergsteigerausrüstung erwerben kann. Außerdem findet man zahlreiche Internet-Cafés, eine kleine Bank, Zahnklinik, Poststation, Polizeikontrollpunkt nebst Kaserne der nepalesischen Armee.
Neben einigen kulinarischen Spezialitäten wird auch Yak-Käse angeboten. Jeden Samstag findet bei Sonnenaufgang ein großer Wochenmarkt statt, zu dem selbst aus Tibet Händler kommen, sofern es ihnen gelingt den durch China gesperrten Grenzübergang zu umgehen.

Verkauft mir einen Ring und eine Halskette: Händlerin mit ihrem Söhnchen in Namche.

Oberhalb der Stadt befindet sich eine Landepiste für Hubschrauber.

Sie besteht aus losem Kies und wird ausschließlich für Notfälle genutzt. Noch ahne ich nicht, dass genau diesem Platz eine schicksalshafte Bedeutung zukommen wird.

Wir tauchen ein in das rege Treiben, das hier herrscht, und lassen uns in eine der zahlreichen Bäckereien nieder, um guten Kaffee und ausgezeichneten Kuchen zu genießen.

Obwohl strahlender Sonnenschein herrscht, beträgt die Außentemperatur nur 12°C. Von einem gemütlichen Fensterplatz in der Bäckerei kann man beobachten, wie in den schmalen Gassen Ziegen, Bergponys, Yaks und Kühe, die sehr mager wirken, auf- und abwandern.
Einige Träger schleppen Bergsteigerausrüstung für eine der Everestexpeditionen über das steinige Pflaster. Die meisten der Gebäude in Namche sind aus massiven Steinquadern erbaut. Strom- und Wasserversorgung funktionieren in der Regel ohne größere Ausfälle. Namche ist für Treckingreisende keine reine Durchreisestation, sondern dient zur Akklimatisierung und Vermeidung der Höhenkrankheit.
Mindestens 1-2 Tage Aufenthalt sind ratsam. Die Höhenkrankheit ist ein nicht zu unterschätzender Risikofaktor. Fast jedes Jahr sterben übereifrige Touristen an den Folgen einer akuten Sauerstoffunterversorgung des Körpers. Treten Schwäche, Übelkeit und starke Kopfschmerzen auf, ist das ein ernstzunehmendes Alarmsignal.

Am späten Nachmittag in Namche.

„In der Jugend studiert man Erwachsene, um klug zu werden. Im späteren Leben studiert man Kinder, um glücklich zu werden.“ (Peter Rosegger)

Namche Bazaar

In Namche: Junge Mutter mit ihrem Baby. Zwar hat das Kleine ein Mützchen auf dem Kopf, aber Socken sind wohl nicht notwendig. Schon die Kleinsten haben eine ans Klima angepasste Durchblutung und ein hervorragendes Immunsystem.

Wettergurus in Khumjung

23.04. Unsere kleine Gruppe bricht, nach dem zwischenzeitlich obligatorischen Frühstück, bestehend aus Ingwertee und Tsampabrei, nach Khumjung auf. Der ursprüngliche Plan, zuerst nach Thame zu ziehen, wird nach kurzer Beratung verworfen, da wir durch den direkten Weg nach Khumjung einen ganzen Tag einsparen. Das Everest Basislager früher als geplant zu erreichen, scheint uns lohnenswert.

Diese Frau begegnet uns auf dem Weg nach Khunjung als wir eine Rast einlegen. Stumm zieht sie an uns vorüber und einmal mehr komme ich ins Staunen.

Der Weg nach Khumjung führt durch Täler, Schluchten und wieder über meist stählerne Hängebrücken, die sich in heftigen Böen wiegen. Oft kommen wir an Gebetsmühlen vorbei, fest installierte Walzen, die um Stupas oder an Tempelmauern angebracht sind.

Die Walzen sind mit heiligen Versen oder Gebeten kunstvoll verziert und sollen im Vorbeigehen in Gang gesetzt werden, damit gutes Karma angehäuft wird.

Diese Gebetsmühle ist gut und gerne zwei Meter hoch.

Strahlender Sonnenschein, dünne Luft und kalter Wind empfangen uns beim Erreichen des Ortes Khumjung der, eingebettet auf einem weitläufigen Talkessel, am Fuße des eindrucksvollen Berges Khumbi Yul, auf 3.780 m Höhe liegt. Unmittelbar an Khumjung grenzt der Ort Khunde an; zusammen haben die beiden Gemeinden etwa 1.900 Einwohner. Auf dem Weg zu unserer Unterkunft gehen wir links an der Hillary-School vorbei. Sie ist die einzige weiterführende Schule in der gesamten Khumbu Region und ebenso wie das kleine Krankenhaus in Khunde nach dem Erstbesteiger des Mount Everest, Sir Edmund Hillary, benannt. An einigen der Häusermauern ist der Kot von Yaks zum Trocknen ausgelegt. In getrocknetem Zustand eignen sich Yak-Fladen hervorragend als geruchsneutrales und wirkungsvolles Heizmaterial.

Nachdem wir in unsere Unterkunft eingecheckt haben, beschließen Robert und ich eine kleine Erkundungstour zu unternehmen.
In deren Verlauf lernen wir eine freundliche Familie kennen, die uns mit ihrem herzlichen Lachen alsbald in den Bann zieht. So bleibt ein Gespräch nicht aus. Die zwei, für ihr hohes Alter noch frisch und rüstig daherkommenden, Einheimischen und ihre Tochter erzählen uns über einen bevorstehenden Schneefall, was wir ungläubig staunend zur Kenntnis nehmen. Woher soll ein solcher abrupter Wetterumschwung kommen? Nichts deutet darauf hin.
Wir schlendern weiter, es vergehen ein, zwei Stunden. In dieser Zeit verdichteten sich die Wolken am Himmel immer mehr und tatsächlich lässt der angekündigte Schneefall nicht mehr auf sich warten.

Verblüffen uns am Mittag mit ihrer treffsicheren Wettervorhersage: Mutter und Tochter in Khumjung.

Unverrichteter Dinge brechen Robert und ich unseren Spaziergang ab, um uns in der Gästestube unserer Herberge auszuruhen. Freude kommt auf, als die Tochter unseres Gastgebers am späten Nachmittag den Bollerofen in der Mitte des Wohnraumes befeuert, wohlige, einschläfernde Wärme langsam unsere Füße aufwärmt und in unsere Glieder kriecht.

Das Abendessen in unserer Hütte, bestehend aus Knoblauchsuppe, gebackenem Gemüse und Kartoffeln macht unser Glück perfekt. Beim Essen unterhalten wir uns über den unerwarteten Schneefall und rätseln, wie so eine Vorausschau ohne moderne Hilfsmittel wohl möglich ist? Alsbald kommen wir auf andere Themen zu sprechen.
Eine weitere Besonderheit, die sich am Nachmittag abspielt, entgeht uns im Übrigen. Es ist eine kleine Herde Yaks, die unvermittelt stehenbleibt und wie versteinert einige Minuten ausharrt, bis die Tiere wieder aus ihrer vermeintlichen Trance erwachen und weiterziehen. Irgend etwas hat sich an diesem Tag verändert, es ist etwas passiert, ohne dass wir in der Lage sind, es zu bemerken.
Um acht Uhr abends begeben wir uns in unsere Kammern und versuchen zu schlafen. Bei der dünnen Luft und den klammen, kalten Schlafsäcken nicht ganz einfach. Ich liege in meinem Daunenschlafsack und eine innere Unruhe sorgt dafür, dass ich nicht einschlafen kann. Alle bewährten Einschlaftricks helfen nicht und trotz unbeschreiblicher Stille und fernab von allem westlichen Alltagsgeschehen brodelt eine Unrast in mir und lässt mich einfach nicht zur Ruhe kommen. Gedanken kommen, Gedanken gehen. Ich entschließe mich, kurz vor das Haus zu treten. An der frischen Luft ein wenig spazieren, das sollte helfen.

Also ziehe ich Hose und Wanderschuhe an, streife mir meine gut gefütterte Windjacke über, schleiche mich, so gut es auf dem knarrenden Holzboden geht, leise zum Ausgang.

Vor der Tür erwartet mich ein unbeschreiblicher Sternenhimmel. Ich muss daran denken, welches gewaltige Bild über mir am Firmament flimmert und beginne zu rechnen.
Licht hat eine Geschwindigkeit von 300.000 Kilometer in der Sekunde. Unser Sonnensystem hat einen Durchmesser von ungefähr drei Lichtjahren und der nach der Sonne, zur Erde am nächsten gelegenen Stern ist über vier Lichtjahre entfernt. Eigentlich kann ich hier aufhören zu rechnen. Welcher Verstand mag solche Dimensionen erfassen können? So etwas geht nur mit dem Herzen.

Mit ein wenig Glück sehe ich vielleicht eine Sternschnuppe.

Ich denke weiter nach. Hätte unser Sonnensystem einen Durchmesser von drei Millimetern, dann wäre unsere Galaxie vierhundert Kilometer lang …
Still funkeln die Sterne in dieser klaren, kalten Nacht im Himalaya. Ich überlege mir, wie viele Billionen Sonnensysteme wohl zu unserer Galaxie gehören? Gefüllt mit so vielen Sternen, dass niemals eine mathematische Größe in der Lage sein wird dafür einen Ausdruck zu finden. Die vielen Galaxien wiederum bilden Galaxienhaufen und so fort.
Und einige der Sterne, die mich gerade in diesem Moment anblitzen, existieren gar nicht mehr, waren jedoch so weit entfernt, dass mich erst jetzt ihr Licht erreicht. Jeder Blick in den Sternenhimmel ist demnach auch ein Blick in die Vergangenheit.

Plötzlich wird mein Gedankenstrom unterbrochen, als eine Sternschnuppe durch den Nachthimmel gleitet. Das Schauspiel kommt mir vor, wie ein zauberhafter Gruß aus einer anderen Welt. Ich denke für einen Moment nichts mehr und merke, dass ich leicht zittere. Zeit zum Schlafen.

24.04. Ich wache früh auf und kann nicht mehr einschlafen, weil es in meinem Zimmer bitter kalt ist. Im Zeitlupentempo ziehe ich mich an und begebe mich hinter das Haus, wo ich einen herrlichen Ausblick auf den für die Einheimischen heiligen Berg Ama Dablam habe. Die Sonne geht gerade hinter dem mächtigen Bergmassiv auf und wirft ihre Strahlen gegen den Himmel. Mir offenbart sich ein wunderschönes, magisch anmutendes Schauspiel.

Der 6.814 m hohe Ama Dablam bei Sonnenaufgang.

Als nächstes folgt die Morgentoilette. Das Wasser ist so kalt, dass meine Hände bei der Gesichtswäsche gefühllos werden. Für einen Aufpreis kann man hier im Haus auch warmes Wasser vorbereiten lassen. Da es in einem großen Boiler mittels eines Holzofens erwärmt wird, muss die Aktion etwa zwei Stunden vorher angemeldet werden. Im Gang kommt mir Robert entgegen, auch er scheint noch nicht richtig wach zu sein: „Na Walter, wie war die Nacht?“
„Habe nicht so gut geschlafen, aber nach dem Waschen war ich hellwach, denn das Wasser ist eiskalt.“

Wohn-, Aufenthalts- und Frühstücksraum.

Zur Abwechslung gibt es heute kein Tsampa, sondern Rührei mit Reis zum Frühstück. Mir läuft beim Duft des Essens das Wasser im Mund zusammen und als mir die Köchin die Mahlzeit serviert, ist das Glück perfekt.

Langsam tauen die steifen Glieder auf. Nach einigen Minuten sitzen auch Tshering, Puri und Robert am Tisch. Wir sind heute Morgen die einzigen Gäste.
„Robert, ich war gestern Nacht noch draußen, weil ich nicht schlafen konnte."
„Und?"
„Der Sternenhimmel war gigantisch und ich musste an die unglaublichen Größenordnungen denken die sich dahinter verbergen."
Ein Gespräch entsteht, in dem wir schnell auf allgemeine Lebensthemen zu sprechen kommen. Woher kommen wir? Warum sind wir hier? Wohin gehen wir? Was kommt danach und was ist das überhaupt, das wir als „Schöpfung" bezeichnen? Roberts Ingenieursherz tritt hervor und er erklärt mir unter mathematischen Gesichtspunkten die Unmöglichkeit einer rein zufälligen Schöpfungsentstehung: „Walter, das was wir Welt, Universum oder Leben nennen, kann ohne den Einfluss einer höheren Macht unmöglich entstehen. Es ist praktisch nach sämtlichen naturwissenschaftlichen Gesichtspunkten zu 100 % ausgeschlossen. Stell′ dir einfach vor, du hast einen Sack mit 100 Würfeln und kippst diesen auf den Boden. Wie hoch ist deiner Meinung nach die Wahrscheinlichkeit, dass alle Würfel hundert Mal die gleiche Augenzahl haben?"

„Mensch Robert, die Chance, das so etwas jemals passiert ist gleich null. Denke mal an die verschiedenen Gewinnspiele. Bei der Lotterie „6 aus 49" zum Beispiel, müsste man weit über hundert Millionen Mal spielen, um zu gewinnen. Wenn ich mir überlege, wie viele Gewinnfelder jede Woche von Millionen von Spielern ausgefüllt werden und wie verhältnismäßig wenig Lottomillionäre daraus hervorgehen, dann ist die Chance vermutlich noch weitaus geringer."

„Genau. Und damit das mit den Würfeln funktioniert, dafür ist unser Universum bei weitem nicht alt genug." Er sieht mich ernst an: „Für mich steht fest, jemand da oben hat vor dem Urknall auf den Knopf gedrückt … kein Mensch ohne Seele, kein Bild ohne Maler, keine Schöpfung ohne Schöpfer."

Wir verbleiben eine Weile am Tisch, trinken in aller Ruhe unseren Ingwertee und schnallen im Anschluss die Rucksäcke auf. Das nächste Etappenziel Phortse liegt auf einer Höhe von 3.840 m.
Bevor wir die Lodge verlassen, entdecke ich eine hübsch verzierte Holztafel mit tibetischen Schriftzeichen an der Tür und frage Tshering nach deren Bedeutung. Er übersetzt die Inschrift sinngemäß wie folgt:

Denke an die fünf Vorsätze für jeden Tag:
Ich will die Wahrheit sagen.
Ich will keine Ungerechtigkeit dulden.
Ich will keine Angst haben.
Ich will keine Gewalt anwenden.
Ich will in jedem vorerst das Gute sehen.

Buddha

Wie aus einer anderen Welt: Die Ausblicke werden immer atemberaubender. Rechts im Bild ein Fels mit tibetischen Gebetssprüchen.

Es ist wieder sonnig und der Schneefall am Vortag längst vergessen. Auf dem Weg von Khumjung nach Phortse betreten wir eines der spektakulärsten Höhentäler der Welt. Wir durchwandern herrliche Höhenwege, um nach einigen Stunden wieder abzusteigen.
Die Vegetation nimmt mit abnehmender Höhe immer mehr zu, und so kommen wir durch Mischwälder bis zum Gebirgsfluss Dudh Khosi. Dort, malerisch am Wald, liegt der kleine Ort Phortse.

Niemand ahnt etwas von der Katastrophe, die sich tief, sehr tief unter uns und in ganz Nepal gerade abzuspielen beginnt.

Die indoaustralische und eurasische Kontinentalplatte schieben sich seit Jahrzehnten mit einem Druck übereinander, der die menschliche Vorstellungskraft übersteigt. Nun sind sie zum Bersten gespannt.

Erfordert bei der Begehung höchste Achtsamkeit: Höhenweg in der Khumbu Region.

25.04. Sehr früh verlassen wir Phortse. Ist die Witterung gut, sucht die vor uns liegende Wegstrecke ihresgleichen, denn die damit verbundene Sicht auf den Ama Dablam (6.814 m), Nuptse (7.861 m), Mount Everest (8.848 m) und Lhotse (8.516 m) ist ergreifend. Nebel, einsetzender Schneeregen und Wind lassen heute jedoch keinen guten Ausblick mehr zu. Ein sonderbarer Wetterumschwung macht uns mental und körperlich zu schaffen. Ich friere plötzlich. Dass seit Stunden keine Vögel mehr zu hören sind, bemerkt keiner von uns.

Wie in Trance stapfe ich Sherpa Tshering, Puri und Robert hinterher. Dabei muss ich ständig an Roberts Zustand denken. Auch wenn er tapfer weitergeht, sich kaum etwas anmerken lässt, weiß ich, dass er mit der dünnen Luft zu kämpfen hat. Und mit jedem Meter Höhe kann es sich verschlimmern. Es ist jetzt erst 9:00 Uhr, um etwa 11:00 Uhr müssten wir Periche erreichen, das auf 4.371 Metern liegt. Dort werden wir uns in unserer Unterkunft aufwärmen und besprechen, wann wir am Base Camp sein werden. Insgeheim stelle ich mir auch schon das Mittagessen vor und durch meinen Gang geht ein motivierter Ruck. Es kann nicht mehr lange dauern, nur noch ein wenig durchhalten. Doch nach einer Stunde ist es mit meinem Elan wieder vorbei und ich merke, dass wir heute alle nicht gut drauf sind. Immer öfter legen wir kurze Pausen im Stehen ein, um Luft zu holen. Robert fragt Tshering, wie lange wir noch wandern müssen, bis wir Periche erreichen. „Not far, only one hour."

Die Sicht ist schlecht und es wird zusehends nebliger.

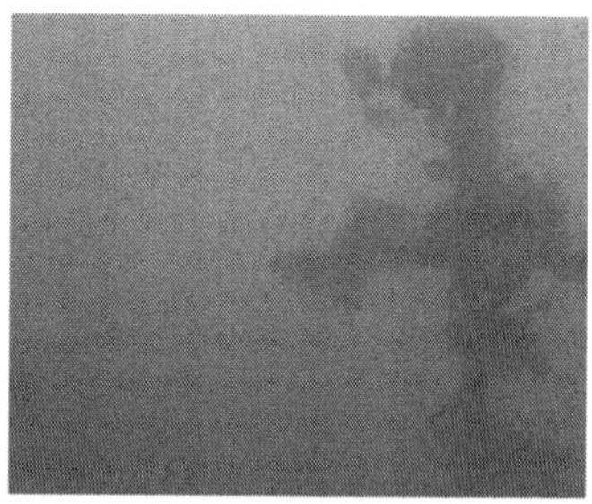

Yeti? Nebelgeist? Eher eine Kiefer im Nebel.

„Kein Weg ist zu lang,
mit einem Freund an der Seite"

Japanisches Sprichwort

Stunde Null

Insbesondere das für die Jahreszeit ungewöhnlich schlechte Wetter, kalter Wind und Schnee-Regen drücken auf die Stimmung. Der Aufstieg nach Periche ist daher besonders beschwerlich und wir sind froh, als wir die Herberge gegen 11:00 Uhr endlich erreichen.
In der, überwiegend aus Holz gebauten, Unterkunft empfangen uns ein freundlicher Gastgeber und dessen Ehefrau. Wir legen unsere durchnässten Kleidungstücke ab und zu unserer

großen Freude macht die Hausherrin trotz der frühen Uhrzeit den Ofen im Wohnraum an.

Bei einer wärmenden Tasse Tee diskutieren Robert, Tshering und ich über den Fortgang der Route. Robert ist zwar noch immer gesundheitlich angeschlagen, aber ich bin mir sicher, er wird von der kommenden Wegstrecke mit ihren Ausblicken auf einige der Achttausender begeistert sein. Ich will unbedingt weiter in Richtung Everest Base Camp und beschreibe die wunderschönen Etappen, die noch vor uns liegen. Das nächste Zwischenziel ist Dughla (4.620 m), dann Lobuche (4.970 m) und schließlich Gorak Shep (5.207). Gorak Shep liegt direkt am Khumbu Gletscher, dem höchstgelegenen Gletscher der Welt. An ihm entlang verläuft die Route zum EBC (Everest Base Camp). Waren die bisherigen Etappen die „Pflicht“, so stehen wir jetzt vor der „Kür“.
Doch während wir besprechen, wie bei der momentanen Witterung die Strecke zu bewältigen sei, merke ich, dass Robert nah an seinem Limit ist. Die knapp 1.000 Höhenmeter zusätzlich will er nicht mit Gewalt durchsetzen, andererseits merkt er mir meine aufkommende Enttäuschung an. Die Gastgeberin schenkt uns Tee nach und vor dem Ofen macht es sich der Hauskater gemütlich. Wir unterbrechen unser Gespräch für eine Weile, dann habe ich eine neue Idee: „Wie wäre es, wenn wir hier einen Tag länger als geplant verbleiben und abwarten? Vielleicht erholst Du Dich schneller als gedacht und das Wetter wird dann bestimmt auch besser. Wir sind im besten Zeitfenster des Jahres unterwegs und bei dieser „Suppe“ da draußen, kann es sich nur um eine kurze Schlechtwetter-Phase handeln.“

„Walter, ich glaube Dir das alles gerne und auch die Bergpanoramen sind mit Sicherheit wundervoll, aber es macht keinen Sinn, wenn ich mich zwinge und meine Gesundheit aufs Spiel setze.“
„Robert, Deine Ausrüstung kann doch Puri weiter übernehmen. Wir gehen langsam weiter und wenn es wirklich zu schwer ist, können wir immer noch abbrechen.“ Langsam verbreitet sich eine angenehme Wärme im Raum, der Kater gibt Schnurr-Laute von sich. Nach einigem hin und her bietet Robert mir an uns zu trennen, bis ich das Base Camp alleine erreicht habe. Wir könnten uns, so seine Idee, danach wieder zusammenzuschließen. Unsere 4er-Gemein-schaft würde sich teilen; Tshering und Robert, Puri und ich.

Das ist für mich jedoch eine Möglichkeit, die ich noch nicht mal ansatzweise in Betracht ziehe. „Kommt überhaupt nicht in Frage, wir haben das hier gemeinsam angefangen und werden es gemeinsam beenden. Wäre ja noch schöner, dich alleine mit Tshering zurückzulassen.“

Schließlich widmen wir uns einem unterhaltsameren Gespräch mit unserem Gastgeber. Wie sich herausstellt, hat dieser bereits sieben Besteigungen des Mount Everest hinter sich gebracht und nimmt weiterhin aktiv als Sherpa an Expeditionen zum Mount Everest teil.

Stolz zeigt uns Passang Nima eine Urkunde und erzählt, wie er Bergsteigern aus aller Welt bei der Besteigung hilft, indem er, zusammen mit seinen Sherpa-Kollegen, die Wege für die Expeditionen sichert, Brücken über Gletscherspalten baut und die Ausrüstung transportiert. Seine Arbeit werde sehr gut bezahlt. Von dem Geld könne er die Kinder zur Schule schicken und der Familie zu Wohlstand verhelfen.

Sherpas sind an klimatische Verhältnisse in Höhenlagen über 5.000 Meter perfekt angepasst und schultern mit Leichtigkeit Sauerstoffflaschen, Zelte oder schwere Rucksäcke. Sie sind unentbehrliche Helfer und sind den Bergsteigern, mag deren Verhalten auch noch so unvernünftig sein, treu ergeben. Wenn es sein muss, bis in den Tod. Niemals würde ein Sherpa einen Bergsteiger, der in der Gipfelregion zusammenbricht, im Stich lassen. Wie ich von Tshering erfahre, bekommt Nima pro Expedition 4.000 USD, was in Nepal ein kleines Vermögen ist. Doch der Lohn hat seinen Preis.

Regelmäßig riskiert Nima sein Leben, damit sich Ausländer den Traum erfüllen können, auf dem „Dach der Welt“ zu stehen. Und die unglaublichen Strapazen hinterlassen Spuren. Ich schätze unseren Gastgeber auf etwa 60 Jahre. Allerdings liege ich nicht ganz richtig, denn ein wenig später stellt sich sein tatsächliches Alter heraus: Nima wird in zwei Monaten 45 Jahre alt.

Wir bekommen langsam Hunger und so bereitet uns Nimas Frau etwas Reis zu. Dabei lacht sie unentwegt, redet in einem Fluss und auch wenn wir kein Nepali verstehen, muntert sie uns mit ihrer fröhlichen Art ein wenig auf.

Sherpa Nima Passang und seine Frau.

Die köstlich duftende Mahlzeit tut ein Übriges. Entspannt sitze ich in meinem Stuhl und beobachte, wie der Dampf aus meiner Tasse mit heißem Tee steigt.

Zwischenzeitlich lässt der Schneefall nach. Allerdings zieht weiterer Nebel herauf, mitunter so stark, dass ich die Sicht draußen auf weniger als fünf Meter schätzte.

Stille kehrt langsam im Aufenthaltsraum ein. Wir sitzen um den in der Mitte des Raumes platzierten Bollerofen herum, ich schlürfe meinen nur noch lauwarmen Tee. Die Hauskatze macht es sich derweil auf Roberts Schoß gemütlich. Es ist still. Ich bin dabei, im Sitzen einzunicken.

11:45 Uhr Ortszeit. Der Albtraum beginnt.

Plötzlich wird die Stille schlagartig von einem ohrenbetäubenden Knall zerrissen, gefolgt von einem Grollen, das sich anhört, als käme es aus dem tiefsten Schlund des Gebirges. Unsagbar weit weg und doch erschreckend nah.

Was sich nun in den unmittelbar darauffolgenden Augenblicken abspielt, ist eine Art surrealer Film in dem sich in nur wenigen Sekunden die Ereignisse zu überschlagen scheinen. Der gesamte Raum wird hin und her geschüttelt, begleitet von infernalischem Krach. Dieser Lärm, er ist beängstigend anders als alles was ich zuvor in meinem Leben gehört habe. Wie betäubt sitze ich regungslos am Tisch. Töpfe, Tassen, Flaschen purzeln aus den Regalen und fallen polternd auf den Dielenboden. Die Katze kreischt und rennt wie von einer Tarantel gestochen aus der Wohnstube während sich der Tisch vor mir hebt und senkt, als wolle er zum knallenden Takt der Stöße tanzen, die unbarmherzig gegen das Haus schlagen.

Der bis vor wenige Sekunden ruhige, in sich gekehrte Hausherr schreit uns an: "Get out of the house, get ot of the house …" Tshering stimmt ein, in dessen panisch klingenden, Befehlston: „Hurry up, this is an earthquake!"
Obwohl ich die Stimmen laut und deutlich höre, kann ich nichts aufnehmen und bin innerlich derart gefesselt, dass ich nichts mehr zu begreifen scheine.

Die Fußbodendielen fangen an zu quietschen und knarren, als befänden wir uns auf der Brücke eines alten Segelschiffs, das gerade von zwei Eisschollen langsam zerquetscht wird.

Mit jedem Moment verändert sich die Geräuschkulisse und es kommen neue Töne hinzu. Das Haus stöhnt und ächzt unter der imaginären Last, die von irgendwo herkommt. Ich sehe, dass alle aufspringen, bin jedoch außer Stande zu erfassen, was gerade passiert.
Regungslos bleibe ich auf meinem Stuhl sitzen und beobachte, wie sich die beiden Stützbalken in der Mitte des Raums einmal hierhin und einmal dorthin verbiegen.
Die Frau des Gastgebers redet mit schrillem Ton energisch auf mich ein, allerdings verstehe ich kein Nepali, was auch die zunehmende Lautstärke nicht zu ändern vermag. Ich höre wieder Schreie. Sie kommen dieses Mal von Robert: „Walter, raus hier, raus hier!“ Aber immer noch sitze ich am Tisch und begreife nichts.
Robert packt meinen Arm, reißt daran und schüttelt mich als wollte er mich aufwecken: „Schnell, raus hier, das ist ein Erdbeben!“. Schlagartig erwache ich aus meiner Lethargie, springe auf, stoße den Holzstuhl beiseite und falle sofort zu Boden.
Irgendetwas bringt meinen Gleichgewichtssinn durcheinander. Ich stehe wieder auf, versuche herauszurennen und stolpere ins Freie, dabei merke ich, wie schwer es mir fällt, mich auf den Beinen zu halten. Robert geht es nicht besser, er kommt beinahe zu Fall, stützt sich jedoch an einem Küchenregal ab. Einzig Puri und Tshering hüpfen wie Gazellen aus dem Raum. Robert und ich verlassen als Letzte das Haus.
Vor die Eingangstür purzeln uns Steine vor die Füße, die sich aus einer Felsmauer gelöst haben. Behende weicht Puri einem großen Brocken aus, der auf ihn zurollt und hüpft mit einem Satz auf eine Begrenzungsmauer, die eine Parzelle Ackerland vor dem Haus abstützt.

Aus der Nebelwand hinter uns ist zu hören, wie sich steinernes Gepolter mit Eselsschreien vermischt und die Erschütterungen scheinen kein Ende zu nehmen.

Ein Ohnmachtsgefühl steigt in mir auf. Wir sind es im Alltag gewohnt „geerdet" zu sein und sicheren, festen Boden unter unseren Füßen zu haben. Den Boden unter den Füßen weggezogen zu bekommen, bedeutet eine sehr große mentale Herausforderung, wenn ein Erdbeben solchen Ausmaßes die Ursache hierfür ist.
Beklommenheit schnürt nicht nur mir die Kehle zu. Unsere kleine Gruppe lauert vor dem Holzhaus, bereit zur Flucht in eine Sicherheit die es nicht gibt - und ergeben in das nun Folgende. Abwartend, zu machtlos, um Denkprozesse in Gang zu setzen, nur fähig zum Handeln im Hier und Jetzt. Ich befinde mich mitten in einem Film über ein brachiales Naturschauspiel.
Nur ist dieser Film Realität. Das Poltern der Steine, das Gebrüll des Gebirges ist kein Abenteuerfilm, den ich mir aus dem bequemen Sessel eines beheizten Kinos ansehe. Trotzdem oder gerade deshalb stehen die „Schaltkreise" im Kopf still. Wenn der Adrenalinpegel hoch genug ist und der Stress ob unmittelbarer Todesgefahr überhandnimmt, gibt es für Sekunden kein Denken. Unsere Reaktionen folgen einem seit Urzeiten programmierten Überlebensinstinkt.

Durch den Nebel hört man Schreie, die vom unteren Teil des Dorfes zu kommen scheinen. Es sind Frauen. Ein wildes Durcheinander von weiblichen Stimmen.
Nach etwa einer gefühlten halben Stunde ist alles vorbei.

Wie ich später erfahre, ist diese halbe Stunde auf dem Rücken des gigantischen Bergriesen namens Himalaya nur etwa 50 Sekunden lang. 50 Sekunden, die ab jetzt alles verändern.

Bestandsaufnahme

Das – erste - Beben ist vorbei. Benommen und mit buchstäblich weichen Knien, jedoch unversehrt, warten wir eine Weile ab, bevor wir zögerlich in die augenscheinlich intakte Herberge hineingehen.
Keiner von uns vermag in diesem Moment auch nur im Entferntesten das gesamte Ausmaß des Geschehens und die Tragweite für ganz Nepal zu erfassen. Vielleicht ist später in den Nachrichten etwas zu erfahren? Doch weder der kleine Fernsehapparat, noch das Kofferradio funktionieren. Das gleiche gilt für die einzigen beiden Mobiltelefone im Haus. Da es auch keinen Strom gibt, wird kurzerhand der Gaskocher in Gang gesetzt, um etwas Tee zuzubereiten. Nach einer halben Stunde beschließen Robert und ich, soweit der Nebel dies zulässt, das Dorf zu erkunden.
Schon bald wird uns klar, dass wir großes Glück mit der Bauweise unserer Unterkunft haben, die überwiegend aus Holz besteht. Holz ist biegsam, passt sich extremen Situationen besser an. So mancher Steinquader hingegen zerbröselt regelrecht unter den Erschütterungen. Wir entdecken viele schwer beschädigte Steinhäuser, geborstene Steinwälle, tiefe Risse an den meisten Wänden und Krater im Boden.

Überall Stimmengewirr. Eine junge Frau steht vor ihrem Haus und unterhält sich aufgeregt mit einem Mädchen, das ein Kleinkind im Arm hält.

Als wäre eine Kanonenkugel eingeschlagen. Viele Häuser im Dorf sind erheblich beschädigt.

Einige Meter weiter sprechen wild gestikulierend zwei Frauen miteinander und lachen dabei. Vielleicht erträgt man mit einer kindlichen Unbeschwertheit vieles besser.
Einige Zeit später fängt es wieder an stärker zu schneien. Hier können wir nichts tun und da Kälte in unsere Glieder kriecht, kehren wir nach etwa einer Stunde zur Herberge zurück.

Wie soll die Tour weitergehen? Ist ein Aufstieg zum nächsten, sieben Stunden entfernten Etappenziel überhaupt noch möglich? Mein Drang, am Everest-Base-Camp als Ziel festzuhalten, schwindet. Nach eingehender Beratung steht unser Entschluss fest: Abbruch der Reise! Rückkehr nach Namche Bazar, Abstieg auf 3340 m.
Die Reise steht unter keinem guten Stern mehr, Sturheit wäre töricht.

Robert geht es ohnehin immer noch nicht besser, das Wetter ist ungewöhnlich schlecht und völlige Ungewissheit über die Folgen des Bebens lassen die Vernunft siegen. Zum sofortigen Aufbruch ist es viel zu spät, ein Abstieg am Abend bei den gegebenen Witterungsverhältnissen und ohne Licht wäre lebensgefährlich.

Wir verbringen also unsere erste Nacht nach der „Stunde Null" in unserem kleinen Zimmer. In voller Montur, mit startklarem Marschgepäck, nur dürftig zugedeckt. Die Furcht, es könne Nachbeben geben, die eine schnelle Flucht aus dem Haus notwendig machen, ist Ursache für diese Entscheidung. Und wir werden tatsächlich kaum schlafen. Ich zähle in dieser Nacht ein dutzend Nachbeben. Wach liege ich auf der Pritsche und denke nach. Keine gute Idee. Denn tief in meinem Inneren beginnt sich etwas zu regen, das als Ratgeber in der Not wenig tauglich ist: Angst.
Aber warum nur? Bislang haben wir alles heil überstanden und es besteht aus der momentanen Perspektive kein Grund zur Sorge. Proviant und Trinkwasser sind mehr als genug vorhanden. Wir haben ein Dach über dem Kopf, einen trockenen Schlafplatz und morgen ist ein neuer Tag. Tshering ist ein erfahrener Sherpa und wird uns sicher nach Namche führen. Vielleicht ist alles nur halb so schlimm? Keine Frage, dass es nach einem Erdbeben auch Nachbeben gibt; sie sind jedoch bestimmt allesamt viel schwächer als das Hauptbeben.

Heißt es nicht, lächle und sei froh, es könnte schlimmer sein? Das Lächeln funktioniert trotzdem nicht, zu sehr bin ich buchstäblich erschüttert. Jeder Versuch, das Ereignis klein zu denken, scheitert kläglich im Ansatz.

Wir befinden uns jetzt in einer weit abgelegenen Gegend auf 4.250 Metern Höhe, von der Außenwelt abgeschnitten, ohne Kontakt per Telefon, Radio oder Fernsehapparat, und die damit verbundene Ungewissheit macht nervös.

Robert stöhnt auf und als ich ihn frage was los sei, klagt er über Kopfschmerzen. Ich empfehle ihm ein Aspirin und einen kräftigen Schluck aus der Trinkflasche. Wir liegen nun beide wach auf der Schlafstätte und sind zu erschöpft zum Einschlafen. Das Gedankenkino läuft weiter. Wir überlegen, wann wir Namche erreichen. Übermorgen, der 27. April, ist realistisch. Von Namche aus gerechnet, treffen wir dann am 29. April in Lukla ein.

Der Weiterflug von Lukla nach Kathmandu einen Tag später sollte kein Problem sein. Doch wie wird sich das Wetter entwickeln? April bis Mai ist die beste Zeit für Bergsteiger und Trekking-Touristen, weil das Wetter beständig gut ist. In diesem Jahr ist alles anders. Kurioser Blitz-Schneefall in Khumjung, gefolgt von erneut sonnigen Abschnitten und schließlich schnell einsetzendem Schneeregen. Und dann dieser unheimliche Nebel. Gehören Wind und Wetter etwa zur Choreografie des Erdbebens, so wie Yaks die sich nicht mehr fortbewegen oder Vögel die aufhören zu singen? Was wird sein, wenn wir in Kathmandu sind? Als erstes müssen wir unsere Flüge nach Abu Dhabi vorverlegen.
Schluss damit! Alles Grübeln ist Unfug. Wieso lasse ich die Gedanken so davongaloppieren? Kann ich irgendetwas ändern, wenn ich mich jetzt verrückt mache?
Heute sind wir erst einmal hier und was morgen sein wird, sehen wir morgen.

Abstieg ins Ungewisse

Der Plan ist, auf der kürzesten, schnellsten Route nach Namche zu gelangen, um von dort weiter nach Lukla, unserem Ausgangsflughafen, abzusteigen. Auf dem Weg treffen wir weitere Trekking-Touristen, die den gleichen Plan verfolgen.

Ich sehe die Gesichter vieler Menschen, denen wir begegnen und erblicke Einschüchterung, Anspannung, Erschöpfung. Ein junges Mädchen aus Taiwan bricht am Wegrand zusammen, wird prompt von Ihrem Sherpa versorgt. Kurz bevor wir unsere Übernachtungsmöglichkeit erreichen, steht nach einer

Biegung unvermittelt ein Steinbock direkt vor mir. Wir schauen uns gegenseitig ungläubig für eine Weile an, dann verschwindet das Tier. Ich frage mich, ob das gerade ein Traum oder real war?
Spielen Schlafentzug und dünne Luft mir einen Streich? Das letzteres nicht zutrifft, bemerke ich bei der Kontrolle der Fotos auf meiner Digitalkamera.

Erschöpft fallen wir am frühen Abend auf unsere Schlafstätten. Wieder zittert der Boden einige Male unter uns. Ich falle in einen unruhigen Schlaf. In der Nacht schrecke ich auf und merke, dass Robert nicht mehr im Zimmer ist.

Rasch werfe ich die Schlafdecke beiseite, stehe auf und finde ihn auf der Sitzbank am Küchentisch, stöhnend und sich vor Schmerzen krümmend. Sein Gesicht ist fahl, die Tränensäcke unter den Augen geschwollen, er hat neben Brechreiz furchtbare Kopfschmerzen und fühlt sich sehr schwach. Robert befindet sich in einem ernsten Stadium der AMS (Acute Mountain Sickness), der lebensgefährlichen Höhenkrankheit.

Ich versuche ruhig zu bleiben und überlege fieberhaft was zu tun ist. Sofortiger Abstieg, am besten etwa 600 Höhenmeter und die Gabe von 300 mg Acetazolamid sowie Dexamethason.
Da ich über keines der beiden Medikamente verfüge, kommt also nur noch der Abstieg in Frage. Zwischenzeitlich versammeln sich unser Gastgeber Bishal sowie Tshering und Puri in der Küche. Ich erkläre meine Idee, dass wir uns sofort auf den Weg machen müssen und dabei wird mir klar, dass wir keine Stirnlampen dabeihaben.
Jetzt erinnere ich mich schlagartig, wie ich die Stirnlampen beim Packen als unnötigen Ballast empfunden und sie beiseitegelegt hatte. Bei tiefschwarzer Nacht in dieser Witterung auf schmalen, zerklüfteten Pfaden zu wandeln, ist für Einheimische unter Aufbietung aller Kräfte vielleicht machbar, doch mit unserer Gruppe ein Ding der Unmöglichkeit.
Meine anfängliche Nervosität entwickelt sich zu blanker Panik. Der Freund eines meiner Kunden, ein Marathonläufer, verstarb vor einigen Jahren in Nepal an AMS. Ich renne auf unser Zimmer, schlage mit der Faust auf die Holzwand. Während Tränen die Wangen herunterlaufen schnäuze ich in ein Papiertaschentuch und renne wieder in die Küche.

Bishal holt aus einem der Gewürzregale eine Knoblauchknolle und drückt sie mir in die Hand. „Tell him to eat this garlic, lots of garlic! I'll make tea while he does it."
Gut, dann eben Knoblauch. Robert kaut auf der ersten kleinen Zehe herum, seine Gesichtsfarbe ändert sich von blass zu rot: „Oh, ist das scharf, meine Güte, es zerfrisst mir den Gaumen."

Wir machen kein Auge zu und ich weiß nicht wie Robert die Nacht übersteht (die ganze Küche riecht nach Knoblauch), aber immerhin geht morgens am 27.04 um 5:30 Uhr die Reise weiter.

Sehr oft sind uralte Gebetstafeln am Wegesrand zu finden, in die Schriftzeichen eingemeißelt sind. Es müssen tausende sein, die vor Jahrhunderten in der gesamten Himalayaregion verteilt wurden.

Am Tod knapp vorbei

Als ich diese Aufnahme mache, weiß ich noch nicht, dass wir bald den „Zwillingsbruder" dieses Felsens kennenlernen!

Man mag trefflich darüber diskutieren ob außerhalb der materiellen, mit unseren Sinnen wahrnehmbaren Welt ein vielleicht noch viel größeres Reich existiert? Ob wir nicht im milliardsten Teil einer viel größeren Wahrheit leben und ob unser kurzes Erdensein nur eine Durchgangsstation ist?

Für mich persönlich steht es fest, dass wir eingebettet sind in einem unermesslichen Schöpfungskreislauf und umgeben von Wahrheiten fernab des mit irdischen Möglichkeiten Nachweisbaren. Und wenn etwas aus „Zufall" passiert, dann ist dieses „Fallen zu uns" nicht ohne Sinn und Zweck.

In unserem Fall hebt vielleicht eine höhere Führung schützend die Hand über uns, weil unsere Zeit noch nicht gekommen ist. Noch heute treten mir in der Rückschau an den vielleicht denkwürdigsten Tag unserer Reise die Tränen in die Augen.
Robert geht es besser an diesem 27.04, Tag 2 nach einem der schlimmsten Erdbeben in der Geschichte Nepals. Der Abstieg in Richtung Namche verläuft bislang ohne größere Vorkommnisse. Als wir zur Mittagszeit eine Pause an einer Raststation einlegen, macht uns Tshering auf eine Erdbebenwarnung aufmerksam, die über Radio - das Mobilfunknetz funktioniert immer noch nicht - ins ganze Land gesendet wurde. Etwa um 12:00 Uhr Ortszeit soll es erneut losgehen und so beschließen wir nicht weiterzuwandern, sondern die Pause entsprechend zu verlängern. Insbesondere bei Naturgewalten, denen der Mensch trotz all seiner Technik machtlos gegenübersteht, beweisen Tiere eine ausgesprochene Empfindsamkeit.
Kurz vor einem Beben gehen zum Beispiel Yaks keinen Fußbreit mehr weiter, sondern bleiben auf der Stelle wie angewurzelt stehen. Vögel verstummen und Hunde bellen aufgeregt, als gelte es, Warnungen auszusprechen. Wir beobachten daher die Natur und Tiere um uns herum.
Doch weder machen die Vögel Anstalten mit ihrem erfrischenden Gesang aufzuhören, noch wird der Hund vor uns nervös. Behaglich streckt er sich auf der Aussichtsterrasse aus und wärmt seinen Pelz in der Mittagssonne. Nichts geschieht. Kein Erdbeben, keine sonstigen nennenswerten Ereignisse.

Etwa eine Stunde später machen wir uns daran weiter nach Namche zu marschieren.

Bei gleichbleibendem Tempo und kontinuierlichem Wanderrhythmus wären wir dort niemals angekommen.

Sind es anfangs noch physische Herausforderungen, die mich beschäftigen, wie ein schmerzender Rücken oder hin und wieder nachlassende Kondition, so ringe ich jetzt mit seltsamen Gedanken, die mindestens genauso drücken wie eine Blase am Fuß. Ich zweifle in meinem Inneren nie daran, dass wir aus dieser misslichen Lage unversehrt herauskommen und trotzdem stelle ich mir immer wieder die Frage, ob das, was wir hier tun, ein gutes Ende findet? Was denkt die Familie in der Heimat und wie geht es ihnen mit den Nachrichten über die ständigen Nachbeben? Sehe ich meine Liebsten jemals wieder? „Robert, kommen wir hier je wieder heil raus, was meinst du?"
Ich stelle ihm die rhetorische Frage mindestens alle paar Stunden. Natürlich wird am Ende alles gut und wenn es nicht gut ist, ist´s nicht das Ende. So ist es doch immer, oder? Aber dennoch quälen mich verstandesschwere Gedanken und belasten Vertrauen und Zuversicht. Nein, nur nicht schwach werden, wir ziehen das durch, werden irgendwann, egal wie, Lukla erreichen, nach Kathmandu fliegen, von dort nach Abu Dhabi und schließlich zu guter Letzt am Flughafen Frankfurt sicher landen. So wird es sein, so muss es sein. Alles wird gut.
Ohne es zu merken, verlangsame ich das Tempo, Robert läuft vor mir und als fühlte er mein Zögern, hält er kurz inne und dreht sich um: „Walter, alles klar?"
Vor mir befinden sich viele Einschlaglöcher, wie von Handgranaten verursacht.

Ich sehe, wie der Abstand zu Puri und Tshering, die vor uns im strammen Tempo marschieren, sich immer mehr vergrößert.
„Ja, lass uns schnell weitergehen, damit wir den Anschluss nicht verlieren.“
Weiter geht es also auf dem leicht abschüssigen Weg, immer weiter. Links von mir geht es steil ins Tal hinab, rechts erhebt sich der Hang scheinbar endlos nach oben. Stille liegt über dem Tal, das einzige Geräusch kommt von dem monotonen Aufsetzen unserer Wanderstöcke.
Ab einem gewissen Punkt verliere ich das Zeitgefühl. Wie lange ist es her, dass Robert mich gefragt hat, ob alles klar sei? War es vor einer halben Stunde? Oder vor zwei Stunden? Was für einen Tag haben wir heute eigentlich? Erneut erblicke ich Beschädigungen auf dem Weg.
„Robert, warte bitte einen Moment, ich mache mal ein paar Fotos.“ Irgendetwas verleitet mich zum kurzen Pausieren.
Und obwohl der Kopf das Weitermarschieren zu befehlen versucht, folge ich dem Empfinden, einen unplanmäßigen Halt einzulegen.
Dieser unplanmäßige, „zufällige“ Halt rettet uns das Leben. Sherpa Tshering und Träger Puri sind bereits 50 m vor uns, aber anstatt an den beiden dranzubleiben, stoppen Robert und ich, damit ich die Einschlaglöcher dokumentiere, die unseren Weg pflastern. 30 Sekunden entscheiden über Leben oder Tod. Gigantisch auseinanderklaffende Risse, Erdverwerfungen, Löcher wie nach Meteoreinschlägen gib es auf der Strecke jede Menge.
Dass ich ausgerechnet zu diesem Zeitpunkt Robert bitte, kurz anzuhalten damit ich Fotos mache, genau an jener Stelle, dafür gibt es keinen plausiblen Grund.

Der erste Schuss aus meiner Kamera sitzt vortrefflich, noch ein zweites und ein drittes Bild folgen, bis uns ein bedrohliches Grollen und Brummen aufhorchen lässt.

Der Hang fängt an zu beben und wir sind in einer denkbar ungünstigen Situation, weil die Lage, in der wir uns befinden, absolut unübersichtlich ist. Dann folgt ein weiteres Grollen, dieses Mal jedoch aus der Richtung hoch über uns. Die Erde vibriert. Erst leicht, dann immer stärker. Als wir die Ursache erkennen, sind wir wie unter Schock. Der Himalaya zeigt seine Zähne und etwas Lebensbedrohliches spielt sich direkt vor unseren Augen ab, denn eine Geröll-Lawine lässt den Hang erzittern. Kleine und mittlere Gesteinsbrocken krachen, sausen, zischen keine 15 Meter vor uns auf den Weg. Staub wirbelt auf, wir sind orientierungslos, wissen nicht wo das Geröll-Inferno noch zuschlägt.
Stehenbleiben? Zurück rennen? Instinktiv pressen wir uns unter einen kleinen Vorsprung rechts von uns und warten das unvermeidliche Ende ab.
Und dieses Ende wälzt sich in Form eines monströsen Felsbrockens, groß wie ein Haus, den Hang herunter, auf seinem Weg nur Zerstörung hinterlassend, eine Schneise der völligen Verwüstung. Noch tief aus dem Tal vernehmen wir das Poltern dieses Ungetüms. Fichtenstämme im Tal knicken wie zarte Streichhölzchen um.
Danach folgt Stille. Kleinere Steinchen hüpfen noch über den Hang, alles ist in Staub gehüllt.
Das Einschlagsgebiet der Lawine verteilt sich auf eine Breite von zirka zwanzig Metern. Für jemanden, der sich in dieser Zone befindet, ist es unmöglich lebend herauszukommen.

Von der anderen Seite hören wir das aufgeregte Schreien von Tshering und Nima. Sie winkten hektisch. Robert und ich klettern mühevoll über das Trümmerfeld. Unter uns klafft ein etwa 10 Meter breiter Krater, der unseren Wanderpfad regelrecht auseinandergeschlagen hat.

Nach dem Abgang des Gerölls. Hinter der Rechtskurve ist eine riesige Schneise in die Erde gewalzt. Das Hinüberklettern wird von der Angst begleitet, es könne wieder etwas herunterkommen.

Unmittelbar nach dem Geschehen verspüre ich Angst; Angst wie ich sie nie zuvor gespürt habe und vor Aufregung schlägt mir das Herz bis zum Hals.

Wir klopfen, so gut es eben geht, unsere völlig verstaubte Kleidung ab und wandern weiter. Ich trotte mechanisch hinter Robert her, zwar körperlich anwesend, aber in Gedanken noch bei der Steinlawine.

Es ist still, keiner spricht ein Wort und das einzige Geräusch ist einmal mehr das vertraute Aufsetzen der Wanderstöcke aus Aluminium auf den felsigen Boden unter uns. Klack, klack … klack, klack … klack, klack. Was ist da gerade passiert? Ich verspüre den Drang darüber sprechen zu müssen.

„Robert, das war knapp, oder?"
Kaum habe ich die Frage ausgesprochen bildet sich ein dicker Kloß in meinem Hals.
„Mensch Walter, das war nicht nur knapp, wir waren praktisch schon im Jenseits. Hätten wir zwanzig Sekunden später angehalten, wäre von uns jetzt nichts mehr übrig. Ich glaube, wir haben gerade eine ganze Horde von Schutzengeln in Schach gehalten."
„Aber wir sind immer noch da und haben keinen Kratzer abbekommen. Es sollte wohl noch nicht sein." Ich schlucke und da ich hinter Robert laufe, sieht er nicht wie aufgewühlt ich bin. Meine Augen werden feucht, schnell wische ich mit dem Handrücken darüber und räuspere mich: „Ich finde, das war mehr als bloßes Glück, sondern Vorsehung."
„Vorsehung?"
„Ich meine damit eine höhere unpersönliche Macht, die einen immer begleitet und versucht zu helfen. Bei manchen Menschen gelingt das und bei manchen nicht. Die Vorsehung hat es bei mir geschafft, dass ich anhalte. Sie hat uns so gelenkt, dass wir noch leben."
„Ja, es gibt Dingc, die nicht mit dem Verstand erklärbar sind, weil sie aus Bereichen entstammen, mit denen unser Denkapparat nichts anfangen kann. Deshalb funktioniert bei Tieren der Draht zur anderen Welt besser, die stehen sich selbst nicht so im Weg mit ihren Gedanken."

„Sag mal Robert, hast du eigentlich mitbekommen, dass in Khumjung die Tiere verrückt gespielt haben? Genau zwei Tage vor dem Beben."
„Wie kommst du darauf?"
„Tshering hat es mir erzählt. Eine Herde Yaks blieb wie angewurzelt stehen und rührte sich keinen Fingerbreit mehr von der Stelle und auch die Hunde im Dorf sind fast durchgedreht."
„Du meinst, es gibt einen Zusammenhang mit dem Beben?"
„Na ja, es hört sich vielleicht ein wenig schräg an, aber du erinnerst dich an meinen Freund Michi aus der Steiermark?"
„Du meinst diesen österreichischen Globetrotter mit dem Geländemotorrad?"
„Exakt. Michi hat einen Onkel. Der Onkel besitzt Pferde und erfreut sich bester Gesundheit."
„Der Onkel ist gesund, weil er Pferde hat?"
„Robert nein. Es ist folgendermaßen: Der Onkel reitet mit seinem Lieblingswallach aus und möchte auf der Alm in einer Hütte übernachten. Aber ungefähr bei der Hälfte des Wegs bleibt der Gaul stehen. Der Onkel zerrt, schimpft, versucht mit Futter zu locken. Nichts hilft, das Pferd ist wie versteinert. Aus, Finito, Ende."
„Und dann?"
„Ross und Reiter machen sich auf den Rückweg, was seltsamerweise einwandfrei funktioniert. Zwei Tage später bekommt Michis Onkel einen Anruf vom Revierförster der sich völlig aufgelöst erkundigt ob es ihm gut gehe?"
„Warum das?"
„An dem Tag, als der Onkel in der Almhütte übernachten wollte, hat bei einem Gewitter der Blitz eingeschlagen. Die gesamte Hütte ist komplett abgebrannt."

„Der gute alte Wallach hat dem Onkel deines Freundes das Leben gerettet."

So sehr ich mich auch darum bemühe, an etwas anderes zu denken, der Lawinenabgang geht mir nicht aus dem Kopf. Zum zweiten Mal entgehen wir nur knapp einer Katastrophe und ich merke wie mein Nervenkostüm langsam dünner wird. Wieviel Lebenskraft investiere ich zu Hause für scheinbar Wichtiges? Doch im Vergleich zur derzeitigen Gesamtsituation erscheint mir das alles geradezu lächerlich unwichtig. Jetzt wird mir gezeigt, was wirklich zählt.

Erst während dem weiteren Fußmarsch verfliegen die, durch den dramatischen Vorfall in Gang gesetzten bedrückenden Gedanken, langsam. Zu sehr stehen die kommenden Herausforderungen im Vordergrund: Wie sicher ist der weitere Weg, der noch vor uns liegt? Kommen neuen Nachbeben, verbunden mit Erdrutschen oder Steinschlägen? Was erwartet uns in Namche? Wie wird es von dort aus weitergehen?

Mit jedem Kilometer, den wir Namche näher kommen, werden die Schritte entschlossener. Endlich ein Dach über dem Kopf, einen warmen Platz und ein wenig Ruhe. Eine Atempause, um gestärkt weiter in Richtung Lukla zu gelangen.

Namche ist ein wichtiges Zwischenziel. Wenn wir dieses Zwischenziel erst einmal erreicht haben, sind wir „über den Berg". Jedenfalls ist das unsere vorherrschende Meinung.

Robert vor einem der Krater auf dem Weg nach Namche. Wir werden ständig daran erinnert, dass unsere Strecke durch eine Art „Minenfeld" verläuft.

Am Mittag des 27. April treffen wir in Namche ein.

Namche Bazaar

Das Wetter hat sich gebessert. Zwar ist der Wind kühl, doch scheint die Sonne am mäßig bewölkten Himmel. Welche Verwüstung das Beben in Namche angerichtet hat, wird uns erst beim Erreichen der Stadt klar. Von weitem scheinbar einigermaßen intakt, erweist sich dies, aus der Nähe betrachtet, als Trugschluss. 90% der Häuser sind schwer beschädigt, durchsetzt mit tiefen Rissen oder bis zur Hälfte zusammengebrochen.

Überall auf den Gassen innerhalb der Stadt liegen mehr oder weniger große Steine, heruntergefallen von den Häusern.
Wir rennen durch diese Gassen und die Angst rennt mit. Nicht auszudenken was passiert, wenn sich ein Stein am Dach löst.

Die Gassen sehen aus wie ein Trümmerfeld.

Eine gespenstische Stille liegt bleischwer über dem Ort. Viele Familien kauern vor den Häusern im Freien auf Matratzen und Decken. Einige der Bewohner versuchen aus alten Kunststoffplanen Zelte zu bauen.
Menschenaufläufe auf einem Schulhof im höher gelegenen südlichen Teil des Ortes. Die erst in der Vorwoche eingeweihte neue Schule ist zur Hälfte zerstört. Überall Gruppen, die sich leise murmelnd miteinander unterhalten.

Allgemeine Ratlosigkeit. Auch bei uns. Zwischen Robert und Tshering entbrennt eine kontrovers geführte Diskussion, ob es überhaupt möglich ist, in Namche eine sichere Herberge für die Nacht zu finden und wo diese wohl wäre?
In einem maroden Haus zu nächtigen um dann des Nachts von herunterfallendem Mauerwerk erschlagen zu werden oder in der Talsohle des Ortes als Zielscheibe für hereinbrechende Gesteinslawinen zu dienen, ist nach dem dramatischen Erlebnis auf dem Hinweg eine äußerst beunruhigende Aussicht.

Provisorisches Leben unter Trümmern, Wellblech und Plastikplanen

Und die unguten Vorzeichen nehmen kein Ende. Während Träger Puri, Sherpa Tsersing, Robert und ich ratlos am Zaun des Schulhofes lehnen, erleben wir ein weiteres, machtvoll anmutendes Spektakel, das eingeleitet wird von einem durch das gesamte Tal dröhnenden, tiefen Grollen. Vor unseren Augen löst sich ein Teil des Hanges an der gegenüberliegenden Gebirgsseite und reißt unter tosendem Brausen große Teile in der Flanke des Bergmassivs heraus. Wir vermuten, dass die Beben im Zusammenspiel mit Regenfällen zur Lockerung der Erdschichten unter dem Gestein führen.

Auf dem Schulhof.

Diese stets präsente Bedrohung aus den Hängen über und um uns, kann den Weg nach Lukla durchaus zu einer nervlichen Zerreißprobe werden lassen.

Über Zustand und Begehbarkeit der Pfade gibt es unterschiedliche Aussagen, von unbegehbar bis hin zu kaum beschädigt. Ratlosigkeit. Wir setzen uns auf eine kleine Mauer am Schulhof und blicken stumm ins Leere. Ich habe kein gutes Gefühl. Ich merke wie ich anfange zu frieren, ich bin müde und habe Hunger. Es ist alles ebenso deprimierend wie bittere Realität.
Ab und an ist das Röhren von Hubschraubertriebwerken zu vernehmen. Die meisten fliegen dicht über Namche hinweg in Richtung Everest Base Camp. Dort sorgt eine furchtbare Schneelawine inmitten des Basislagers, für Tod und Zerstörung. Es gilt Verletzte zu retten und Tote zu bergen.
Weil wir im Reiseverlauf durch das nachträglich aus Delhi ankommende Gepäck später als geplant starten und weil wir uns in Periche nicht trennen, „verpassen“ wir es im Basislager zu sein, als die Lawine abgeht. Wieder Glück gehabt. Ich merke wie sich ein dicker Kloß in meinem Hals bildet.
Dann sehen wir einen Helikopter, der ausnahmsweise nicht über Namche hinweg rattert, sondern auf dem Plateau hoch über dem Ort landet. Auf der gegenüberliegenden Seite des Ortes, befinden sich an einer Kuppel zwei Hubschrauberlandeplätze. Es scheint also möglich, dass man mit dem Helikopter zurückfliegt nach Lukla. Vielleicht die rettende Alternative? Tshering versucht ein paar Mal mit seinem Mobiltelefon einen Freund in Lukla zu erreichen, der wiederum mit dem Inhaber einer kleinen Flugagentur befreundet ist. Obwohl freie Plätze im Hubschrauber nach Lukla Mangelware sind, erhalten wir eine Zusage für 4 Plätze noch am gleichen Tag.

Überall in Namche das gleiche Bild: Zerstörte oder schwer beschädigte Gebäude.

Und so marschieren wir quer durch die Stadt, um über einen steilen Bergpfad zum Landeplatz zu gelangen. Wir wittern Morgenluft, sind sehr zuversichtlich und voller Hoffnung auf einen schnellen Transfer nach Lukla. Vergessen sind für einen Moment der Hunger und die müden durchgefrorenen Glieder.
Auf dem Landeplatz hoch über der Stadt weht ein kalter schneidender Wind. Hoffentlich müssen wir nicht allzu lange warten. Nach einer halben Stunde Wartezeit, die mir wie 2 Stunden vorkommen, sind endlich die Rotorengeräusche eines Helikopters zu hören. Doch der ist nicht für uns bestimmt. Ich sehe 5 Männer aussteigen: einen Kameramann, 3 Männer mit Gepäck und einen Reporter, der mit einem Satellitentelefon telefoniert. Als ich auf die Gruppe zugehe, merke ich, dass der Mann mit dem Satellitentelefon deutsch spricht. Wir kommen ins Gespräch. Er könne mir zwar nicht anbieten uns mitzunehmen, da sein Team vom deutschen Fernsehen ist und weiter Richtung Gorak Shep fliegt, aber er möchte gerne ein Interview mit mir machen. Ich sage spontan zu und weiß noch nicht, dass ein kurzer Ausschnitt davon am nächsten Tag in einer Sondersendung des ersten deutschen Fernsehens zur Hauptsendezeit ausgestrahlt wird.

Alle jene Familienangehörigen, Freunde, Arbeitskollegen und Bekannten, die bis zu dieser Stunde im Unklaren sind, wo wir uns aufhalten und ob es uns gut geht, wissen ab diesen Zeitpunkt, wir haben die Naturkatastrophe überlebt und sind gesund.
Nach einer weiteren Stunde, und drei immer wieder verschobenen Ankunftszeiten, kann ich nicht mehr stehen, bin durchgefroren, müde und hungrig.
Tshering, Puri und Robert geht es nicht anders. Um uns zu Fuß über ungewisse Pfade nach Lukla auf den Weg zu machen, dafür ist es jetzt zu spät.
Die Situation ist verzwickt. Da klingelt es unter Tsherings Jacke. Vielleicht eine positive Wendung?

Mit dem Mobiltelefon am Ohr wendet sich Tshering von uns ab, geht ein paar Meter, setzt sich auf einen Felsen. Ich sehe an seiner Miene, dass er keine guten Nachrichten erhält. Es kommt heute wohl doch kein Hubschrauber mehr, der uns abholt. Unser Sherpa sackt regelrecht zusammen und starrt während dem Telefonat mit leerem Blick auf den Boden.
Es dauert keine 10 Minuten, dann steht er auf, torkelt auf mich zu und sieht mich völlig verstört an: „My village is completely destroyed. Many people have died. Kachi's wife is dead." Ich bin mit dieser Information schlicht überfordert, zumal ich einige Dorfbewohner, auch die Frau von Kachi, persönlich kenne. Was soll ich Tshering entgegnen?
Ich begegne auf dem Weg nach Namche Bazaar viel provisorischem Leben unter Trümmern, Wellblechstücken und Plastikplanen und so mancher Situation, die an die Nieren geht. Aber das ist bislang einer der schlimmsten Momente unserer Reise.

Schweigend begeben wir uns auf den Rückweg und wissen noch nicht, wo wir nächtigen können. Viele Einwohner sitzen oder liegen vor ihren Häusern auf Matratzen. Eine Nacht im Freien kommt nicht in Frage, aber auch Unterkünfte sind kaum mehr zu finden.

Es ist Tshering, der eine Bleibe für uns organisiert. Einige seiner Sherpa-Kollegen haben eine Gartenhütte aus Holz und Kunststoffplatten zur Notunterkunft umfunktioniert. Dort sollen wir die Nacht verbringen, um am anderen Morgen nach Lukla ausgeflogen zu werden. In der Hütte gibt es nur Sitzmöglichkeiten auf Steinblöcken.

Warten auf Hilfe … oder das nächste Nachbeben.

Ich schaue auf meine Armbanduhr, es ist jetzt sechs Uhr abends und es wird langsam dunkel. Wir haben ohnehin keine Wahl und so tauchen Robert und ich als einzige Europäer in die Welt der Sherpas ein, sitzen dichtgedrängt mit fünfzehn fremden Einheimischen auf steinhartem Untergrund und werden die ganze Nacht kein Auge zumachen können. Alle Knochen tun mir weh und ich stelle mir Indianer vor, die sich einfach hinsetzen und sterben.
Ich weiß nicht wie ich die Nacht durchstehe, aber das Essen bleibt mir im Gedächtnis haften. Mitten in der Hütte befindet sich ein uralter runder Küchenherd verbunden mit einem rostigen Ofenrohr, das geradewegs durch ein Loch im Wellblechdach führt. Um zehn Uhr nachts stellen zwei Nepalesen einen riesigen Stahltopf darauf und beginnen köstlich duftenden Eintopf zu kochen.
Im Hintergrund säuseln nepalesische Folkloreklänge aus einem Radio, einige der Anwesenden stimmen in den Gesang ein.
Andere unterhalten sich lachend.
Alle sind entspannt und unter anderen Umständen könnte das hier auch eine schöne Mitternachts-Party werden.

Meine Lektion ist, dass es, auch wenn die Lage noch so ausweglos erscheinen mag, immer Momente der Heiterkeit und Gelassenheit gibt, die unsere Seele auftanken. Wortlos und wie selbstverständlich bekommen Robert und ich einen Blechnapf in die Hand gedrückt und ohne zu fragen kommt in einem Schöpflöffel eine große Portion Eintopf hinterher. Das Essen schmeckt ausgezeichnet. Wir fühlen uns wie zu Besuch bei guten Freunden und haben nicht eine Sekunde den Eindruck als Fremde angesehen zu werden.

Nur die Schmerzen in den Gliedern lassen nicht nach, ich rutsche hin und her, versuche mich, soweit die Sitzposition, sowie der harte Untergrund, es zulassen, zu strecken.
Hinzu kommt diese bleierne Müdigkeit und die kalten Füße. Einer der Nepalesen läuft barfuß in Sandalen herum; die Durchblutung dieser Menschen fasziniert mich immer wieder aufs Neue. Alle fünfzehn Minuten blicke ich unwillkürlich auf meine Armbanduhr aber die Zeit scheint dreimal langsamer zu vergehen. Doch, wie kluge Köpfe herausgefunden haben, steht die Zeit still. Wir sind es, die ihr entgegeneilen und je nach mentaler Verfassung empfinden wir diese Eigenbewegung als mehr oder weniger schnell. Alles liegt im Auge des Betrachters.
Aber so sicher wie die Sonne untergeht, geht sie wieder auf. Und auch diese Nacht geht zu Ende, um einem neuen Tag zu weichen. Um sieben Uhr morgens begeben wir uns erneut zum Landeplatz. Nach knapp zwei Stunden ist ein schwaches Brummen zu vernehmen, das immer lauter wird. Unser lang ersehnter Helikopter ist endlich in Sichtweite. Selten freue ich mich derart über Rotorenlärm. Lukla wird unser rettendes Sprungbrett nach Kathmandu.

Können kaum erwarten einzusteigen: Unser Helikopter trifft ein. In 20 Minuten legen wir die Distanz eines Tagesmarsches zurück.

Aus dem Hubschrauber-Cockpit bietet sich uns ein atemberaubendes Panorama.

In der Falle

28.04, Tag eins in Lukla.

Tshering, dessen hervorragende Vernetzung uns immer wieder zu Gute kommt, ist es gelungen eine Unterkunft zu organisieren. Nach der vorausgegangenen, schlaflosen Nacht können wir es kaum erwarten uns hinzulegen. Als wir im Zimmer sind, schnallen wir die Rucksäcke ab und lassen uns in voller Montur auf die Betten fallen. Doch der erwartete komatöse Schlaf bleibt aus. Zu aufgekratzt sind wir von den Ereignissen, zudem gibt das „Kopfkino" keine Ruhe. Lukla liegt eingebettet zwischen steilen Felshängen im Gebirge.

Oberhalb von Lukla befinden sich Millionen Tonnen von, vielleicht durch den heftigen Regen der vergangenen Tage aufgeweichten und durch das Beben aufgelockerten, Gesteinsmassen. Jeden Tag spürt man mehr oder weniger leichte Vibrationen. Kaum auszudenken, wenn es über Lukla einen Erdrutsch gibt. Nach zweistündiger Pause auf dem Zimmer sind wir zu nervös, um weiter liegenzubleiben und so spazieren Robert und ich ein wenig später über den Hauptweg und kehren in einem gemütlichen Café names „Everest Bakery", ein. In der Auslage wird neben allerlei Gebäck auch „Black Forrest Cake", Schwarzwälder Kirschtorte angeboten. Ein Gruß aus der Heimat im Himalaya.

Über dem Eingang ist unter der Decke ein kleiner Fernsehapparat angebracht, in dem Nachrichten auf Englisch laufen und über das Beben berichten. Was wir dort im auf CNN zu sehen bekommen ist weitaus schlimmer als alles, was ich mir bislang vorstelle.

Am 25. April um 11:56 Uhr Ortszeit, entlädt sich etwa 80 Kilometer nordwestlich von Kathmandu das als „Erdbeben im Himalaya" bekannte Beben mit der Stärke 7,8 und erschüttert ganz Nepal, Nord-Indien, Tibet, angrenzende Teile Chinas, Pakistan und Bangladesch.

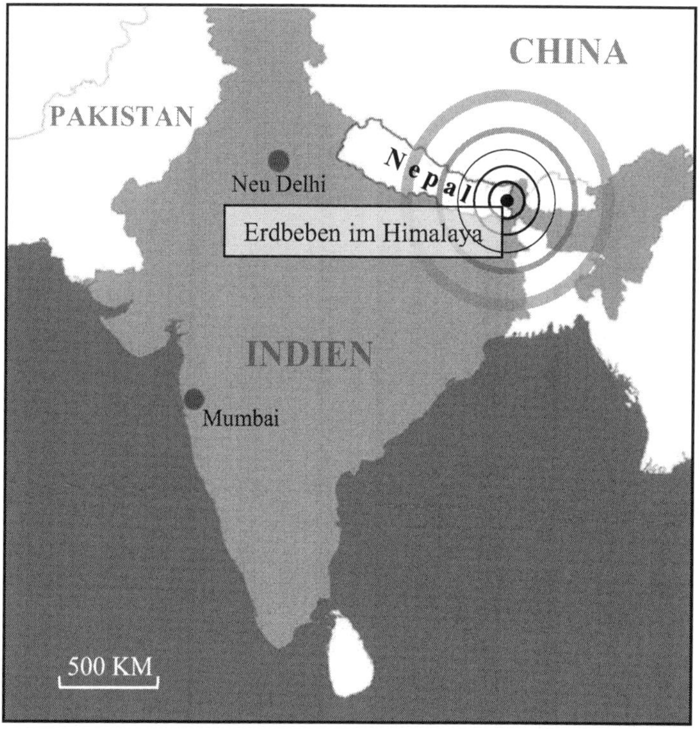

Innerhalb weniger Sekunden brechen in Kathmandu Häuser zusammen und begraben Menschen unter Geröll und Trümmern. In ganz Nepal rutschen Hänge ab. 5,8 Millionen Menschen sind direkt betroffen, die Anzahl der Menschen, die ums Leben kommen ist nicht bezifferbar.

Wie sich später herausstellt, sterben über 9.000 Menschen, und mehr als 20.000 Menschen werden zum Teil schwer verletzt.

Etwa 2,8 Millionen Menschen sind in unmittelbarer Folge obdachlos.

Mein Blick klebt regelrecht auf dem kleinen Fernsehapparat. Erst jetzt, drei Tage nach dem 25. April, erhalten wir verbindliche Informationen über die dramatischen Auswirkungen auf das ganze Land. Auch in der Hauptstadt Kathmandu sind die Zerstörungen enorm.

Durch das Erdbeben wird Kathmandu um 1,5 Meter nach Süden verschoben und um einen Meter angehoben. Der Mount Everest verschiebt sich um drei Zentimeter nach Südosten.

An den von der UNESCO als Weltkulturerbe eingestuften Durbar-Plätzen von Kathmandu, Bhaktapur und Lalitpur werden viele der Tempel und Paläste erheblich beschädigt oder völlig dem Erdboden gleichgemacht. Auch der neunstöckige Dharahara-Turm, an dessen Aussicht ich mich noch gut erinnere, stürzt komplett ein.
Eine Zeitlang gibt es in Kathmandu keine Strom- und Trinkwasserversorgung. Selbst in den Nachbarländern Indien und China wird von vielen Opfern berichtet.
Später wird ein Bericht der Vereinten Nationen feststellen, dass von dem Erdbeben im Himalaya mehr als acht Millionen Menschen betroffen sind.
Mehrere Flugzeuge mit Nahrungsmitteln, Wasser und Rettungsausrüstung entsendet die indische Regierung in die Hauptstadt. Zudem werden Gurkhas, nepalesische Soldaten, die in den indischen Streitkräften dienen, für Rettungsarbeiten ins Nachbarland geschickt.

Die deutsche Bundesregierung kündigt die Entsendung des Technischen Hilfswerks an und das internationale Rote Kreuz stellt ERU´s bereit. Die ERU, Emergency Response Unit, ist eine international verfügbare Einheit der Katastrophenhilfe und kann nach spätestens 48 Stunden einsatzbereit sein.
Mit etwa 900 Beteiligten aus Heer, Marine und Luftwaffe startet das US Militär eine Hilfsoperation, bei der unter anderem etwa 120 Tonnen Hilfsgüter eingeflogen werden.
Ständig wechseln die Szenen im Fernseher und zeigen Reporter bei der Berichterstattung von den Einsatzorten der Hilfstrupps die versuchen Menschen aus den Trümmern zu bergen. Ich sacke innerlich mit jeder Minute mehr zusammen, kann nicht begreifen, welcher Film gerade vor mir abläuft. Ein Film, bei dem wir keine Zuschauer, sondern Akteure sind und in dessen Dramaturgie wir immer mehr eintauchen.

Robert und ich verlassen nach etwa zwei Stunden verstört das Café und gehen zu unserer Unterkunft, ohne auch nur ein Wort zu sprechen.

29.04, Tag zwei in Lukla.

Heute fliegen wir nach Kathmandu. Soweit der Plan.

Nach dem Frühstück verabschieden wir uns von Puri, der es nicht abwarten kann, ab heute eigene Wege zu gehen. Sein Dorf wurde schwer mitgenommen und über einige Familienmitglieder herrscht Unklarheit.

Tshering, Robert und ich satteln die Rucksäcke auf und dann geht es zügig in Richtung Flughafen, um nach drei Stunden Wartezeit und ständig verschobenen Abflugzeiten wieder zur Herberge zurückzukehren, in dem unser Zimmer glücklicherweise noch frei ist.
Das immer noch ungewöhnlich schlechte Wetter erschwert die ohnehin schwierige Situation zusätzlich. Dichter Nebel zieht auf.

Beinahe kommt es mir so vor, als lege sich der Pulverdampf des Himalayas nach einer gewaltigen Schlacht in Form von dichtem Nebel auf die Hänge. Eine Schlacht, die allerdings längst noch nicht zu Ende geschlagen ist.

Anflug unmöglich. Der Flugbetrieb ist praktisch völlig lahmgelegt.

Einige private Hubschrauber-Linien beginnen, Transfers zu horrenden Preisen anzubieten und verkaufen nicht wenige Tickets an zahlungskräftige oder verzweifelte Touristen.

Wir bezahlen am 28. April für den Flug von Namche nach Lukla 400,- US-Dollar. Zwischenzeitlich steht der Preis für einen Sonderflug von Lukla nach Kathmandu bei 2.000,- US-Dollar.

An diesem zweiten Tag in Lukla, gelingt es dem Redakteur einer großen Regionalzeitung Roberts Mobiltelefonnummer herauszufinden und somit werden wir ab heute fast täglich in Kontakt miteinander stehen, um von den neuesten Entwicklungen zu berichten.

Die Entwicklungen in unserem ursprünglichen Ziel, sind bisweilen bedrückend. Es ist Hauptsaison am höchsten Berg der Welt, wir befinden uns im idealen jährlichen Zeitfenster für Gipfelbesteigungen. Das Wetter im April und Mai ist in diesen beiden Monaten ausgesprochen gut. Außer in diesem Jahr, in dem alles anders ist. Zum Zeitpunkt des Bebens halten sich etwa tausend Bergsteiger und Träger am Mount Everest auf und welche Dramen derzeit, 2.500 Meter über uns, ablaufen, können wir nur ahnen. Der massive Hubschrauber-Flugverkehr zum EBC, Everest Base Camp, lässt jedenfalls auf umfangreiche Rettungsaktionen schließen.

Im Ort steigt die Anzahl der Zelte kontinuierlich an. Aus allen Regionen des Khumbu strömen Wanderer, Bergsteiger, Trekker in den Ort. Wir schlafen nach wie vor in Alarmbereitschaft, d.h. stets angezogen mit gepackten Rucksäcken.
Tagsüber warten wir auf den Flug nach Kathmandu, ohne zu wissen, wann genau unser Flug geplant ist.

Das Nichtstun, beziehungsweise das Unvermögen irgendetwas unternehmen zu können, diese gefühlte Ohnmacht, zehrt an meinen Nerven.

Untätiges Herumsitzen scheint einem kleinen australischen Treck, der sich bei uns im Hof eingefunden hat, nichts auszumachen. Jedenfalls solange es genügend Bier gibt. Die fünf jungen Leute sitzen im T-Shirt und erstaunlicher Ausdauer an dem kleinen Gartentisch, wobei mit steigender Anzahl leerer Bierdosen unter dem Tisch die Laune an dem Tisch von Stunde zu Stunde steigt.
Alkoholische Getränke sind in dieser Höhe und ob unserer körperlichen Verfassung weder für Robert, noch für mich geeignet.
Da ich seit der Ankunft in Lukla ständig friere, ziehe ich es vor mir einen Tee zu bestellen. Wie das Wetter wohl zu Hause ist? Nach einer Weile steht die lächelnde Hauswirtin vor mir: „Tea, Mister“.

30.04, dritter Tag in Lukla.

Heute hat Tshering die verbindliche Zusage für einen Flug nach Kathmandu erhalten und so machen wir uns, müde aber motiviert, auf den Weg zum Flughafenterminal.
Für den hoffentlich unwahrscheinlichen Fall, dass etwas dazwischenkommt und unser Abflug nicht stattfindet, haben wir unser Zimmer in der Herberge noch reserviert. Das Wetter spielt uns in die Karten, denn für ein paar Stunden reißt die Wolkendecke auf und gewährt eine gute Sicht.

Der Flughafen in Lukla. Kurzzeitig scheint an diesem Tag sogar die Sonne. Links ist die Mauer zu sehen die das Ende der Landebahn markiert. Ziel ist bis zur Mauer zum Stehen zu kommen, wofür die Länge der Piste voll ausgenutzt werden muss.

Der Flughafen ist aus seinem Ruhezustand erwacht und die Stille wird durch Motorenlärm von landenden und startenden Flugzeugen unterbrochen, die von weitem wie emsige, große Blechinsekten anmuten.

Und wieder ist die Wartehalle brechend voll mit Menschen. Jeder möchte raus.

Gespannt stehen Robert, Tshering und ich in der Abflughalle und hören den Durchsagen zu. „Yeti-Air 212, departure in 30 minutes". Nach diesem Flug sollte unserer aufgerufen werden. Die Spannung steigt. Ansagepause. Es vergeht eine weitere Stunde. Wir haben zwischenzeitlich die Rucksäcke abgeschnallt und es uns im Schneidersitz auf dem Fußboden gemütlich gemacht.

Dann ein Knistern der Lautsprecher. Schlagartig kommen sämtliche Gespräche in der Halle zum Erliegen, jeder lauscht auf die nächste Durchsage: „Simrik Airlines 222, departure in 10 minutes, Simrik Airlines 101, departure in 15 minutes.“ Wieder nichts.
So vergehen die Stunden und jeder Hoffnung folgt eine Enttäuschung, bis schließlich ein Flughafenmitarbeiter per Megafon den Flughafen für den heutigen Tag für geschlossen erklärt. Ich vermisse meinen Boxsack, der zu Hause im Keller hängt.

Nachdem ich mein Gepäck im Zimmer verstaut habe, spaziere ich noch einmal zum Flughafen und werde Zeuge eines sehr bedrückenden Geschehens. Aus dem Everest Basislager werden in Zeltplanen eingewickelte Leichen eingeflogen. Durch das Erdbeben löst sich am Samstag eine Lawine am 7.000 Meter hohen Berg Pumori und bricht wie ein Tornado über das Zeltlager herein.

Mehr als zwanzig Menschen kommen dabei uns Leben, weitere sechzig werden zum Teil schwer verletzt. Nach der Bergung von eingeschlossenen Bergsteigern und Verletzten, die man in eine medizinische Notfallstation in das Periche Tal fliegt, werden nach und nach auch die tödlich Verunglückten geborgen.
Sobald die Helikopter in Lukla landen, rennen Männer zur Ladeluke und nachdem die traurige Fracht ausgeladen ist, rattert die Maschine wieder davon, zum nächsten Einsatzort.

Hilfskräfte bahren die Toten an einem Kontrollposten der Armee auf und sogleich machen sich die nepalesischen Polizisten daran, die Planen vorsichtig, mit einer gewissen Scheu, zu öffnen, um die Leichen zu identifizieren. Der Platz entwickelt sich allmählich zu einer Art Friedhof und vergleichbar ist auch die Stimmung. In der Luft liegt eine Mischung aus Fassungslosigkeit und drückender Schwere.
Die herumstehenden Sherpas blicken zerknirscht und stumm auf den Vorgang; hin und wieder wird leise ein kurzer Satz gewechselt, als ein Sherpa hinter mir unvermittelt in tränenersticktes Klagen ausbricht. Er schiebt sich durch das Gedränge, bleibt vor einem freigelegten Toten stehen und hält jammernd seine Hände vors Gesicht. Viele der für die Gipfelstürmer im Himalaya tätigen Sherpas sind untereinander gut vernetzt, arbeiten zum Teil seit Jahren zusammen und halten wie in einer großen Familie zusammen.

Ich muss an meinen Besuch im Basislager, Mai 2010, zurückdenken, als mein damaliger Bergführer Mindu mich einludt seinen Cousin zu besuchen, der als Koch für eine Everest-Expedition aus den USA arbeitet.

Nimus Cousin und seine Kameraden begrüßen mich aufs Herzlichste, als wäre ich ein alter Freund. Ohne mich zu fragen, drückt mir einer der Männer zehn Minuten später eine Schüssel mit Suppe in die Hand. Drei der Expeditionsteilnehmer sitzen in einer Ecke des Zelts und spielen vergnügt Karten. Einen kurzen Moment fühle ich mich an ein lustiges Feriencamp für große Jungs erinnert.

Basislager 2010. Im Küchenzelt von Sherpa Mindu´s Cousin.

Die Gaskocher verströmen ihren eigentümlichen Geruch, ab und zu knackt eines der Sprechfunkgeräte und aus den oberen Lagern kommen Informationen oder Anweisungen.
Die Luft ist so dünn, dass mir beim Festziehen meiner Schnürsenkel kurz schwarz vor Augen wird, nachdem ich mich wieder aufrichte.

Vor dem Zelt herrscht absolute Stille. Kein Vogel ist zu hören und kein sonstiges Geräusch. Ich setze mich auf einen Klappstuhl, der vorm Zelt steht und habe einen der sehr seltenen Momente der absoluten Gedankenleere. Der Denkapparat ist ausgeschaltet und das damit verbundene Empfinden ist eines der unbeschreiblichsten Glücksgefühle.

„Die größte Offenbarung ist die Stille."
Laotse

Dieser Tag im Basislager des Mount Everest hinterlässt einen der bleibendsten Eindrücke. Erklären kann ich es nicht, denn eigentlich passiert nichts Spektakuläres. Noch öfter werde ich in Situationen kommen dürfen, bei denen ich erkenne, dass nicht immer das mit dem Verstand Zuordenbare von Bedeutung ist.

Foto aus glücklichen Tagen. Vons links nach rechts: Sherpa Sujan reinigt sein Kochgeschirr, Sherpa Prasad (Mindu´s Cousin und Chef vom Küchenzelt, Mindu.

Ein Soldat zieht mich am Ärmel und reißt mich aus meinem Tagtraum wieder heraus. Zwar verstehe ich kein Nepali, doch seine Geste zeigt mir, ich soll Platz machen.

Weitere Leichen werden gebracht. Ich denke ans Basislager, das ursprünglich auch Roberts, Tsherings, Puris und mein Ziel ist. Wir haben Glück, sind nicht wie geplant genau an jenem Tag dort, als die Lawine in unmittelbarer Folge des Bebens über das Lager donnert und eine Schneise der Verwüstung schlägt. Das bei Reisebeginn in Delhi zurückgebliebene Gepäck, worüber ich mich anfangs ärgere, ist großes Glück.
Der Gedanke hält mich gefangen und ich fürchte mich davor, zu begreifen, was ohne die schicksalhafte Verzögerung mit uns wohl passiert wäre.

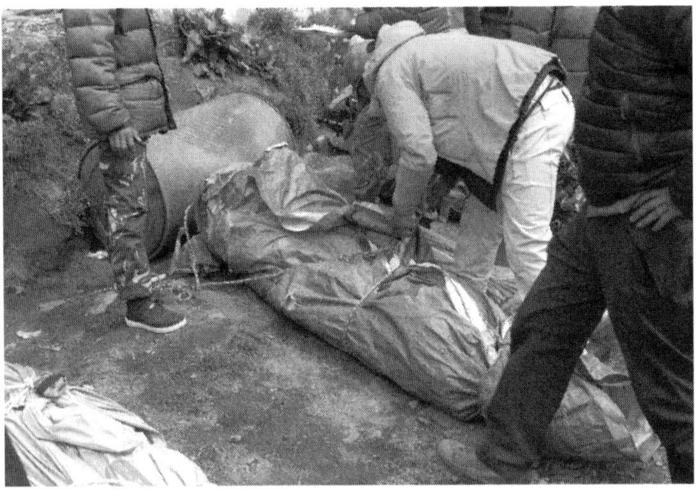

Bittere Momente. Die Leichen aus dem Base Camp werden identifiziert.

In der Nacht bebt erneut die Erde. Nicht sehr stark, aber doch stark genug, um es deutlich zu spüren. Ich liege hellwach in meinem Zimmer, als Robert an die Tür klopft: „Es ist wieder soweit, Walter, das ist hier wie in einer Mausefalle, Endstation Lukla, bin gespannt, ob wir hier heil rauskommen."
Wir unterhalten uns eine Weile, sprechen uns Mut zu. Jahrelang im Himalaya als Einzelgänger unterwegs, bin ich froh darüber, ausgerechnet auf dieser Schicksals-Tour einen Freund an der Seite zu haben, mit dem ich nicht nur Freude, sondern auch Kummer teilen kann.
Immerhin ist die Verpflegung in unserer Bleibe hervorragend, es mangelt an nichts und alle Hausbewohner sind freundlich und strahlen schier nie versiegende Gelassenheit aus. Morgen ist der erste Mai. In sechs Tagen habe ich Geburtstag.

In unserer gemütlich eingerichteten Lodge genießen wir ruhige Momente und erholen uns von dem hektischen Treiben im Ort.

Der vierte Tag, 1. Mai.

Es ist zwischenzeitlich möglich, Hubschrauberpiloten in Indien zu finden, die Lukla bei fast jedem Wetter anfliegen. Der Preis von 80.000,- US-Dollar muss im Voraus und bar entrichtet werden. Diese Nachricht verbreitet sich wie ein Lauffeuer, so dass der CEO meiner Firma ernsthaft in Erwägung zieht, mit einem Koffer voll Bargeld nach Neu-Delhi zu fliegen, um uns herauszukaufen.

Als wir am Vormittag am Flughafen ankommen, um es erneut mit einem regulären Flug zu versuchen, sehen wir wie ein indischer Militärhubschrauber landet. Es eilen etwa ein Duzend indische Touristen hinein, dann fliegt die Maschine mit lautem Getöse wieder nach Indien zurück.
Solche Rettungsaktionen spielen sich im Laufe des Tages noch öfter ab; für unseren eigenen, zivilen Flug nach Kathmandu erhalten wir an diesem Tag eine Absage.

2. Mai.

Mit jedem Tag wird uns bewusster, dass die Ankunft in Lukla nicht die Lösung, sondern in gewisser Weise der Beginn weiterer Probleme ist. Wie wir hier herauskommen sollen, wissen wir nicht. Das Wetter ist sehr schlecht und die Fluglinien sind völlig überlastet. Jeden Tag strömen mehr Touristen in den Ort, um so schnell als möglich nach Kathmandu ausgeflogen zu werden. Immerhin haben wir das Glück, nicht in einem der Zelte übernachten zu müssen, deren Anzahl von Tag zu Tag steigt, da die Herbergen, Hotels und Lodges keine freien Plätze mehr haben.

Wartebereich, Flughafen Lukla, 2. Mai 2015.

Als wir zum vierten Mal zum Flughafen aufbrechen, habe ich das Gefühl innerlich zu platzen. Ich kann und will nicht mehr warten, heute muss es einfach funktionieren.

Bei der frühzeitigen Ankunft am Flughafengebäude erwartet uns bereits eine große Menschenansammlung, die vor dem Einlass auf die Öffnung des Terminals wartet.

Wir reihen uns in die Warteschlange ein und nach einer knappen Stunde schließt ein Flughafenbeamter die Tür auf. Das nun einsetzende Geschiebe und Gedränge erinnert an eine U-Bahn-Station in Tokio zur Hauptverkehrszeit. Schnell ist die Abflughalle des Flughafens über die Grenzen des Fassungsvermögens hinaus überfüllt und auch der Geräuschpegel entsprechend hoch.

Es vergehen 30 Minuten. Eigentlich müsste in wenigen Minuten die Ansage für Gorkha Air erfolgen. Doch welche Fluglinie wann abfliegt, mutet mir schon seit Tagen wie ein Lotteriespiel an.

Dann die erste Durchsage, die sich durch Knistergeräusche aus den Lautsprechern ankündigt. Schlagartig wird es still, die extreme Anspannung im Raum ist beinahe mit den Händen zu greifen: „Simrik Airlines 234, departure in 20 minutes, Yeti-Air 41-0, departure in 40 minutes, Summit Air 252, departure in 30 minutes … flight Gorkha Air is canceled due to a technical defect." Aus der hinteren linken Ecke kommt ein enttäuschtes Raunen.

Wo bleibt die Durchsage für unseren Flug, Tara Air 202? Bitte, lieber Lautsprecher, bitte sage unseren Flug an!

Es vergeht eine weitere Stunde. Rücken und Gesäß schmerzen. Dann geht es weiter: „Flight Sita Air is canceled.“ In der Halle wird es ungemütlich, einige der Fluggäste machen ihrem Unmut lautstark Luft. Immerhin ist es nicht unser Flug. Eine weitere Stunde vergeht. Die Luftqualität ist zwischenzeitlich so schlecht, dass eine ältere Frau zusammenklappt und von zwei Sicherheitsbeamten aus dem Terminal gebracht wird.

Schließlich warten wir nochmal eine Stunde und dann endlich, die heiß ersehnte Durchsage, von der ich mir sicher bin, dass sie unserem Flug gilt: „Airport is closing in 30 minutes. Please leave the building.“

Das kann nicht sein, was ist mit Tara Air 202? Fassungslos starre ich Tshering an: „Tshering, what´s going on here? You told us, the flight will leave today, for sure?” Sein hilfloser Blick macht mir klar, dass mein vorwurfsvoller Ton unangebracht ist, da er die Infos vom kleinen Reisebüro in Lukla lediglich an uns weitergegeben hat.
Wieder nichts! Nicht nur bei uns liegen die Nerven blank und es spielen sich mitunter dramatische Szenen ab. So bekomme ich eine handfeste Prügelei zwischen zwei indischen Touristen mit.

Robert und ich beschließen, umgehend zur Hütte zu laufen, in der sich unsere Reiseagentur befindet, um unseren Ärger loszuwerden. Dort sind wir nicht allein.

In dem kleinen Raum herrscht ein Gedränge wie in einer Sardinenbüchse und die Stimmung erinnert an einen Börsencrash.
Heftige italienische Schimpfwörter sind zuhören, chinesische Stimmen jenseits der sprichwörtlichen asiatischen Gelassenheit, Englisch durchsetzt mit dem F-Wort; immer vermischt mit den beschwichtigenden Worten des schmächtigen Mannes im weißen Hemd mit Kugelschreiber in der Brusttasche, der hinter dem Tresen steht und der Manager zu sein scheint.

Als wir endlich an der Reihe sind und den üblichen Spruch hören, „tomorrow your flight is scheduled for 2 p.m., tomorrow you…“ unterbreche ich den Manager und schlage mit der Faust auf den Tisch.
Ich schreie aus Leibeskräften, „stop it, I want a guarantee … why is it always the other airlines that leave? Stop it, I want a guarantee …“. Mir gehen die Nerven im Galopp durch. Robert packt mich an der Schulter: „Mensch Walter beruhige Dich, wenn Du so weitermachst, kommt die Polizei und dann werden wir noch verhaftet. Das ist das Letzte was wir jetzt brauchen können“.
Ich kicke mit den Füßen gegen das Holzregal: „Ich will mich aber nicht beruhigen, jeden Tag das Gleiche, ich schlage die Bude hier jetzt kurz und klein.“
Mir versagt die Stimme, ich bringe keinen Ton mehr heraus, während ich anfange zu heulen wie ein Schlosshund.

Robert legt seinen Arm um meine Schultern und schiebt mich aus dem Büro: „Komm Walter, beruhige dich, wir gehen erst einmal was trinken, dann sehen wir weiter.“

Eine halbe Stunde später sitzen Robert, Tshering Puri und ich, zusammen mit Touristen aus Neuseeland, im Hof unserer Herberge und nach dem zweiten Bier merke ich, wie sich dessen Wirkung über meine Sinne legt. Ist es der Hopfen der mich entspannt, der Alkohol oder die netten Tischnachbarn? Vermutlich eine Mischung aus allem. Vergessen ist der Stress am Flughafen, es wird gescherzt, gelacht, die neuen Gäste haben einen hohen Bierverschleiß.
„Robert, tut mir leid, dass ich heute so ausgerastet bin.“ Robert sieht mich verwundert an und weiß nicht, was er entgegnen soll.

Am späten Abend liege ich auf meiner Schlafstätte lange wach und blicke auf die vergangenen Jahre zurück. Wäre Nepal Endstation, wie würde die Bilanz aussehen?
Vieles war gut, vieles herausfordernd. Mein Haus, mein Auto, mein Golfclub … und das war´s? Wo war ich, als die Kinder noch klein waren? Als ich das Haus verließ, um ins Büro zu fahren, schliefen sie noch und als ich von der Arbeit nach Hause kam, waren sie schon wieder im Bett. Die schönste Zeit mit der Familie kommt nie mehr zurück.
Doch wie schreibt der Dichter Friedrich Schiller im „Lied von der Glocke“: „Der Mann muss hinaus ins feindliche Leben, muss wirken und streben und pflanzen und schaffen, erlisten, erraffen, muss wetten und wagen, das Glück zu erjagen.“ Aber worin besteht das Wesen des Glücks? Materielle Freiheit? Gesundheit? Zufriedenheit? Bei Einstellungsgesprächen ist für die jungen Menschen eines der wichtigsten Themen die „work-life balance“. Liegt hierin der Schlüssel zum Glück? Wenn Arbeits- und Privatleben miteinander in Einklang stehen?

Ich spanne einen gedanklichen Bogen in die Heimat und lande in allgemeinen Überlegungen. Im Grundgesetz ist zu lesen, dass Besitz verpflichtet und der Gebrauch von Eigentum am Wohle der Allgemeinheit auszurichten ist. Aber wie sieht es mit jenem Besitz aus, den wir auf unserer Erdenwanderung in Form von persönlichen Talenten geschenkt bekommen? Steht nicht auch in diesem Fall geschrieben, dass man verantwortungsvoll damit umgeht?
Der Verstand flüstert mir zu, dass ich doch ein sehr verantwortungsvoller Mensch sei, immer großzügig zu den Mitmenschen, finanziell engagiert bei verschiedenen Hilfsorganisationen, beliebt bei Mitarbeitern und Kunden - warum also ein System hinterfragen in dem ich es mir bequem eingerichtet habe?
Bei dieser Überlegung läuft mir ein eisiger Schauer über den Rücken, ich empfinde tiefe Unzufriedenheit und Todesangst zugleich, weil mir klar wird, wie einseitig ich bisher das „Spiel des Lebens" gespielt habe.
Wäre ich beim Beben verschüttet oder von Felsbrocken zermahlen worden, stünde ich heute mit relativ leeren Händen im Jenseits.
Wenn der Volksmund sagt „das letzte Hemd hat keine Taschen", dann sollte diese Weisheit mit dem Zusatz ergänzt werden: „für das Bankkonto nicht, aber für gutes Karma".
Unruhig rutsche ich im Schlafsack hin und her, ich fühle mich nicht wohl in meiner Haut. Wenn ich ehrlich zu mir bin, was mir angesichts fehlender Ablenkung leichtfällt, dann sind die letzten Jahre eine Aneinanderreihung von Zeitabschnitten auf mehr oder weniger gleichem Niveau.
Die Reisen nach Nepal sind spirituelle Atempausen. Sie halten eine Zeitlang an, um im Alltag irgendwann zu verblassen.

Der Kopf meldet sich mit beruhigenden Gedanken zurück: „Walter, denke nicht solchen Unfug. Du bist nur ein wenig durcheinander."
Obwohl mich niemand hören kann, beginne ich laut zu sprechen: „Es reicht mir. Ich kann nicht mehr."
In dieser Nacht des 2. Mai, fasse ich einige folgenschwere Entschlüsse, die in den kommenden Jahren mein Leben neu ordnen werden.

6-ter Tag, Sonntag, der 3. Mai 2015.

„Wer Geduld hat zu warten,
zu dem kommt alles mit der Zeit.

Robert, Tshering und ich sitzen schweigend bei einer Tasse Tee im gemütlichen Wohnraum unserer Lodge. Ich weiß nicht warum, aber seit gestern bin ich völlig entspannt.
„Robert?"
„Hm?"
„Ich habe mich mit der Unsicherheit abgefunden, weißt Du?"
„Ja, Walter, Du musst loslassen, es kommt wie es kommt. Jeden Tag kann der Rückflug funktionieren oder auch nicht."
„Es dreht sich nicht nur um den Rückflug, es dreht sich um unsere gesamte Reise, Robert. Ich betrachte ab sofort unsere Lage aus einer anderen Ebene."
„Oha, das hört sich spannend an, Walter."
„Nein, es ist ganz einfach. Nichts passiert ohne Grund. Alles ist so wie es ist, weil es nicht anders sein kann und das hat mit unseren eigenen Gedanken zu tun.

Haben wir Vertrauen, Zuversicht und Hoffnung, dann wird sich alles fügen. Sind wir voller Angst und Zweifel, tritt womöglich eine Art sich selbst erfüllende Prophezeiung ein. Erinnerst Du Dich an Heisenberg?"
„Der alte Kater von Agostino?"
„Nein, der Physiker. Heisenberg sagt, alle Materie besteht zu 99,99 % aus leerem Raum, was für sich allein bereits eine bemerkenswerte Tatsache ist. Aber jetzt kommt das Spannende: das Verhalten von dem Rest der sogenannten Materie, also Quantenobjekten wie etwa Elektronen, ist nicht vorhersehbar, sondern richtet sich nach der Annahme des Betrachters."
„Und das Erdbeben?"
„Ich kann Dir jetzt nichts zum Erdbeben sagen, aber ich bin überzeugt, dass allem Energie und Wachstum verliehen wird, dem wir gedanklich Energie zuführen."
„Walter, bravo. Schau, es ist nichts verloren, wir sind bislang heil aus allem rausgekommen und die Lage ist noch lange nicht hoffnungslos."
Tshering versteht nichts von unserem Gespräch, aber er scheint zu ahnen, dass es mit dem weiteren Reiseverlauf zu tun hat: „Don't worry. Tomorrow we'll get a flight to Kathmandu and everything will be fine."
03.05.2020. Es ist ein Sonntag, der seinem Namen alle Ehre macht. Der Himmel ist strahlend blau, als ich aufwache und der Duft von frittiertem Essen steigt mir in die Nase. Eine halbe Stunde später sitze ich beim Frühstück. Es dauert nicht lange bis sich Robert und ein junges Paar aus Neuseeland dazugesellen. Schon bald entwickelt sich ein angeregtes Gespräch und über die Plauderei vergessen wir beinahe unseren Abflugtermin.

Tshering ist es, der irgendwann erwartungsvoll vor uns steht: "We have to go now, our flight leaves soon". Da wir im Fertigstellen unseres Gepäcks inzwischen geübt sind, dauert es nicht lange, bis wir aufbruchsbereit sind. Das Erinnerungsfoto von unserem Gastgeber ist bereits seit Tagen fertig und daher verabschieden wir uns von Amrit mit einer knappen Umarmung, wohl wissend, dass wir in ein paar Stunden vielleicht wieder vor der Tür stehen.

Zimmer mit Ausblick. Links unten der stets startklare Rucksack.

Aber das soll keinen Einfluss mehr auf meine Stimmung haben, es kommt wie es kommt. Immerhin scheint der Proviant hier nicht so schnell auszugehen und das Essen schmeckt prima.

Schweigend machen wir uns zum 5. Mal in Folge auf dem Weg zum Flughafen und es kommt uns wie ein kleines Ritual vor, dass sich immer nach dem gleichen Schema wiederholt: losmarschieren, warten und wieder zurückmarschieren.

Ist uns bis zum letzten Tag eine herzensgute Gastgeberfamilie. Von links nach rechts: Simrika, Amita, Amrit, Robert, Bikash.

Als wir am Flughafen ankommen, wird nach nur einer Stunde tatsächlich unser Flug aufgerufen: „Tara Air 202, departure in 20 minutes.“

Ich stehe wie betäubt herum und rühre mich nicht. Gilt das wirklich uns? Stets fieberte ich in den letzten Tagen dem Rückflug entgegen und jetzt kann ich mich gar nicht darüber freuen, sondern schaue Tshering ungläubig an: „Tsehering, that applies to us?“ Robert klopft mir auf die Schulter: „Walter, komm, heute sind wir an der Reihe“.

Am Sonntag, dem 3. Mai 2015 sitzen wir mittags in einem Flieger nach Kathmandu.

Ich blicke aus dem Fenster und bin weder froh, noch bedrückt oder in irgendeiner Stimmung, die sich beschreiben lässt. Körperlich auf meinem Sitz und mental abwesend.

Obwohl ich vor dem Abflug den Gehörschutz vergesse, nehme ich den ohrenbetäubenden Lärm kaum wahr. Wie lange waren wir eigentlich im Gebirge. Waren es Tage, Wochen, Monate?
Versonnen blicke ich aus dem Fenster und werfe einen letzten Blick auf das vertraute Bergpanorama.

Diese Aufnahme entsteht kurz nach dem Start. Ich spüre, dass es ein endgültiger, finaler Blick zurück ist und ich nicht mehr zurückkehren werde.

Nach einer Weile fliegen wir von der Hochgebirgsregion über das Mittelgebirge. Ich kann auf den Bergkuppen kleine Siedlungen erkennen, die sich wie weiße Punkte auf dem satten Dunkelgrün abzeichnen. An einigen der Hänge sind große braune Schneisen zu sehen, wie von Erdrutschen verursacht. Wir erreichen die Tiefebene des Terai.

Von hier oben sieht die Welt friedlich aus und nichts deutet darauf hin, was uns erwartet.
Bald fliegt die Propellermaschine eine langgezogene Schleife, um eine kleine Landebahn des Flughafens anzusteuern.

Chaos in Kathmandu

Bereits im Landeanflug sind die riesigen Transportmaschinen zu sehen, die auf dem kleinen Flughafen aussehen wie riesige grau-oliv-farbige Wale.
Der reguläre Flugbetrieb ist nicht oder sehr eingeschränkt tätig, da täglich Hilfsgüter mit großen Militärmaschinen eintreffen. Wo sonst mittlere Jets von zivilen Luftfahrtgesellschaften zu sehen sind, stehen jetzt unter anderem Maschinen der US Air Force, Royal Canadian Air Force und der Chinesischen Luftwaffe.
Da die Piste nicht für Flugzeuge in diesen Dimensionen ausgelegt ist, entstehen Löcher auf der Landebahn und der Flughafen muss zu Ausbesserungsarbeiten kurzzeitig geschlossen werden.

Wir landen auf einem Nebenplatz und bald darauf befinden wir uns an der Gepäckausgabe, bestehend aus einem rostigen Transportband mit einer Wellblechüberdachung.

Die Ruhe vor dem Sturm. Am Hauptterminal treffen wir abrupt auf die Folgen des Ausnahmezustands, der Augen, Ohren und Nerven über die Maßen strapaziert.

Als wir am Hauptgebäude ankommen, finden wir uns in völligem Chaos wieder. Ein unüberschaubares Gedränge an Menschen steht, läuft, rennt kreuz und quer. Touristen, Einheimische, Soldaten, Polizisten, Ärzte, Sanitäter und noch einige wenige Mitarbeiter vom verbliebenen Flughafenpersonal. Denn die meisten Flugschalter sind geschlossen. Indian Airlines, unsere Fluggesellschaft von und nach Frankfurt, ist nicht mehr aufzufinden.

Vor dem Flughafengebäude sind provisorische Pulte aufgestellt, hinter denen die Mitarbeiter von Hilfsorganisationen versuchen ihre Arbeit so gut wie möglich zu verrichten. An den Außenwänden kleben Steckbriefe von Vermissten.

Als wir durch die Menschenansammlung in Richtung Taxiparkplatz drängen, sehen wir den Stand des Deutschen Technischen Hilfswerks und kommen mit einem Mitarbeiter ins Gespräch. Er bietet uns an, mit ihm zur deutschen Botschaft zu fahren, um dort vielleicht Hilfe für eine schnellere Ausreise zu erhalten. Robert und ich nehmen das Angebot gerne an. Während der Fahrt blicke ich aus dem Fenster und sehe ein Meer aus Zelten. Links und rechts von der Straße sind Zelte, das gesamte Areal vor dem Flughafen und weit darüber hinaus; überall Zelte. Ich frage mich ständig, ob wohl unser Hotel in Thamel noch steht?

Pause am Stand des Deutschen Technischen Hilfswerks. Wenig später erhalten wir Proviant und eine Mitfahrgelegenheit zur Botschaft.

In der Botschaft angekommen, wird schnell klar, dass die Möglichkeiten der deutschen Botschaft, uns bezüglich einer raschen Ausreise zu unterstützen, recht bescheiden sind.

Man nimmt nicht allzu viel Notiz von uns; eine Mitarbeiterin, die uns im Gang begegnet, nickt uns freundlich zu und verschwindet sogleich in einem der Büros, das vollgestellt ist mit Kopieren, Druckern und allerlei anderem technischen Gerät.

Vor der Botschaft: der uns betreuende Arzt, Robert.

Im Minutentakt klingeln die Telefone, es wird in allen Räumen eifrig telefoniert. Dafür kümmert sich der dortige Arzt rührend um uns. Der Botschaftsarzt diagnostiziert eine „posttraumatische Störung“ und stellt für uns ein entsprechendes Attest aus. Die Hoffnung, das Attest erleichtere die Ausreise nach Deutschland, wird sich jedoch als Fehleinschätzung erweisen. Beim Verlassen des Gebäudes fährt die Limousine des Botschafters vor, rasch springt er aus dem Fahrzeug und eilt ins Gebäude. In der Luft liegt eine Mischung aus hektischer Betriebsamkeit und Krisenstimmung.
Von der Botschaft geht es per Taxi weiter nach Thamel. Dort liegt unser Hotel mit weichen Betten, einer Dusche und einer guten Küche die wunderbares Dal Bhat zubereitet. Wir sind sehr erleichtert, als wir ein nahezu unversehrtes Hotel antreffen. Abgesehen von einigen beeindruckenden Rissen am Fundament, die Roberts Ingenieursherz bedenklich stimmen, ist das Hotel Manang in gutem Zustand.

Bevor ich mich aufs Zimmer begebe, mache ich einen Abstecher zu den Schließfächern. Dort habe ich vor dem Flug ins Gebirge mein Mobiltelefon deponiert.
Ich schalte es ein und prüfe die Nachrichteneingänge: 264 Anrufe in Abwesenheit.
Was ich vor dem Beginn der Reise ein wenig schmunzelnd betrachte, stellt sich jetzt für mich wie der reinste Luxus dar. Zimmer mit fließendem Wasser. Toilette mit Spülung. Ein weiches Bett und vergleichsweise unsagbar viel Platz.

Vor nicht allzu langer Zeit rümpfe ich die Nase, jetzt finde ich´s toll: Mein Zimmer.

Kaum auf dem Zimmer angelangt, verlangsamen sich sofort alle meine Bewegungen. Wie in Trance schnalle ich den Rucksack ab, stelle ihn neben das Bett. Im Zeitlupentempo ziehe ich Jacke und Wanderschuhe aus. Ich lege mich aufs Bett und fühle mich leer und ausgebrannt.

Und plötzlich fällt die Anspannung der letzten Tage wie eine unfassbare Last von mir. Wie ein Film erscheinen mir die zurückliegenden zwei Wochen, die gefühlt Monate sind. Was als Abenteuerfilm geplant ist, entwickelt sich zu einem Albtraum, nicht nur für mich, sondern auch für viele tausend andere Menschen.

Ich denke an jene Menschen, denen wir auf dem Rückweg begegnen und die sich gerade nicht in einem warmen Hotelzimmer ausruhen dürfen.
An das junge Mädchen in Periche, das bei Schneeregen mit einem Säugling auf dem Arm vor einem kaputten Haus steht oder an Tsherings Tante, die ich als fortwährend lächelnden Sonnenschein im Gedächtnis behalte und die nicht mehr da ist. Wie viele unserer Freunde leben noch? Ein Bild im Kopf löst das nächste in schneller Folge ab. Schneefall in Khumjung, ein „tanzender" Tisch, Schreie im Nebel, ein riesiger Fels, der auf mich zurollt, das Abendessen mit den Sherpas in der Notunterkunft als wir in Namche festsitzen …

Die Müdigkeit lässt mich keinen klaren Gedanken fassen, ich höre die Tauben gurren die auf meinem Fenstersims sitzen, es riecht nach Räucherstäbchen und noch im gleichen Moment, als sich meine von Tränen durchnässten Augenlider schließen, falle ich in einen beinahe komatösen Schlaf.

Ein wundervoller Traum führt mich weit weg vom aktuellen Geschehen.

Sanft wiegt sich das kleine Motorboot auf dem türkisblauen Meer hin und her. Nicht eine einzige Wolke ist am strahlend blauen Himmel zu sehen. Ich lehne mich über den Rand des Holzrumpfs und kann kleine Fische in dem kristallklaren Wasser sehen. Die Luft ist so früh morgens angenehm erfrischend, sie duftet nach einem Gemisch von Lavendel, Tannennadeln und Meer. Ich stelle mir die Frage, ob ein Meer überhaupt riechen kann. Ich meine ja.

Küste vor Makaskar, Kroatien.

Der Außenbordmotor tuckert noch eine Weile leise vor sich hin, als ihn mein kroatischer Freund Toni schließlich ganz abschaltet, um an unserer Lieblingsbucht anzulegen, die sich halbrund in die Küste einfügt und deren steil aufragende, helle Kalksteinfelsen von üppigen Kiefernwäldchen bedeckt sind.

Mit einem Knirschen setzt das Boot am Ufer auf, das aus groben, runden Kieselsteinen besteht - typisch für die Strände dieser Küstenregion.
Hier werden wir frühstücken und den Ausflug in ein bis zwei Stunden fortsetzen. Meine beiden Söhne helfen beim Ausladen des Proviants. In unserem Frühstückskorb befinden sich unter anderem ein Maisbrot, dessen dunkelbraune Kruste einen köstlich schmeckenden, saftigen gelben Inhalt umhüllt, Weißbrot, Paprika, Schafskäse, eine riesige Wassermelone, frische Feigen, Olivenöl und Sardellen. Tonis Mutter hat sie am Vortag für uns paniert und auf dem Grill der Sommerküche zubereitet.
Viele Häuser haben eine sogenannte Sommerküche, die meist aus einem überdimensionalen Grill besteht, auf dem während der heißen Sommermonate gekocht wird. Unsere Köstlichkeiten sind allesamt von Bauern aus der Region und haben ein unvergleichliches Aroma. Auch der obligatorische Rotwein, nebst einer kleinen Flasche Slivowitz stammen aus heimischer Produktion.

Eine friedliche Ruhe liegt über diesem malerischen Ort und einzig der eine oder andere Fischkutter, weit draußen vor der Küste, unterbricht die Stille, als er brummend über die schier spiegelglatte See fährt. Ob ich eine Runde schwimmen soll, bevor es weitergeht? Das Meer sieht einladend aus und immer wieder bin ich fasziniert von diesem herrlichen, kristallklaren Wasser. Entschlossen streife ich das T-Shirt ab, gehe bis zu den Knien in das meiner Meinung nach beste Meerwasser der Welt, bleibe stehen und drehe um. Noch zu kalt.
Langsam blinzelt die Sonne hinter der Silhouette der Felsen hervor.

Nach einer halben Stunde liegt die Bucht im Sonnenlicht, die Strahlen fühlen sich angenehm warm an. Noch am Vormittag erreichen wir die Insel Brac, die bekannt für ihre weißen Kalksteine ist, die als der „Marmor Kroatiens“ gelten und ein Exportschlager sind. Danach geht es weiter nach Hvar, der längsten Insel Kroatiens. In der Hafenortschaft „Stari Grad“, was übersetzt „Alte Stadt“ heißt, wollen wir ein Restaurant besuchen, das hervorragende Grillspezialitäten anbieten. Ich merke, wie mein Magen knurrt und freue mich bereits auf das Essen. Toni klopft an die alte, schwere Holztür. Niemand öffnet. Er klopft immer weiter. Klopft und klopft.

Mit einem Mal befinde ich mich in einem Bett und höre das Pochen an eine Holztür in dem Raum, in dem ich mich befinde. Im Moment des Erwachens bin ich völlig orientierungslos, weiß weder wo ich bin, noch was ich in dem fremdartig anmutenden Zimmer zu suchen habe. Weder Tag noch Uhrzeit sind mir bekannt. Es klopft wieder: „Walter, bis du da?“ Die Stimme kommt mir bekannt vor. Es ist Robert. Langsam finde ich mich wieder in meinem Körper ein und erfasse die Situation. Nepal, Kathmandu, Hotel Manang. Ach ja, ich bin zum Essen verabredet.
Ich wandle schlaftrunken an die Zimmertür. Robert steht wie aus dem Ei gepellt vor mir und schaut mich fragend an. „Walter, wie sieht´s aus? Wir wollen doch was essen gehen.“
Eine halbe Stunde später stehe ich an der Rezeption. Bevor wir aufbrechen, setze ich mich an den einzigen Rechner und sende eine E-Mail mit dem Lagebericht an meine Liebsten zu Hause. Danach spazieren wir durch die abendlichen Gassen von Thamel.

Im einen der wieder geöffneten Restaurants bestellen wir uns, wie könnte es anders sein, Dal Bhat. Diese erste warme Mahlzeit, seit wir wieder zurück in der Hauptstadt Kathmandu sind, verzaubert die Sinne und hat etwas Heilsames. Ich denke unwillkürlich an meine frühe Kindheit zurück, als meine Mutter mir mein Lieblingsessen kocht, als ich beim Spielen vom Dreirad falle und mir das Knie aufschlage. Das kulinarische Trostpflaster verfehlt seine Wirkung nie.

„Sag mal Robert, träumst du?" „Hm, wie meinst du das, natürlich träume ich, jeder träumt."
„Ja schon, aber erinnerst du dich an das was du geträumt hast?"
„Manchmal, warum fragst Du?" „Na ja, ich habe vorhin, als Du gegen meine Zimmertür geklopft hast, geträumt ich wäre in Kroatien, genauer gesagt, auf einer Insel an der Küste Dalmatiens. Würde ich jetzt alle Erlebnisse dieses Traumes aufschreiben, dann hätte dieser Reisebericht bestimmt weit über hundert Seiten. So viele Details könnte ich darüber erzählen. Es würde bestimmt mehrere Stunden dauern, dir das alles vorzulesen. Nun ist es aber hinlänglich bekannt, dass ein Traum in Wirklichkeit, also ich meine die materielle Wirklichkeit eines Wachzustands, niemals länger dauert als etwa fünfzehn Minuten. Ich das nicht verrückt?"
Nach einigen philosophischen Betrachtungen darüber, dass Zeit relativ ist und der Mensch im Traum das Jenseits streift, in dem wohl ein bewegteres Empfindungsleben stattfindet, besprechen wir, uns morgen früh mit dem hoteleigenen Taxi sofort zum Flughafen fahren zu lassen, um die Möglichkeiten einer schnellen Ausreise zu prüfen.

Die scheinbare Sicherheit in Kathmandu trügt, denn jederzeit kann ein Nachbeben losbrechen und die Lage nochmals eskalieren lassen.

Montag der 5. Mai. Nachdem wir über zwei Stunden am Flughafen umherirren und unsere Fluglinie suchen, werden wir fündig. Der freundliche junge Mann hinter dem Rollpult gibt Robert und mir zu verstehen, dass alles bestens sei und wir den in zwei Wochen geplanten Rückflug in die Vereinigten Arabischen Emirate um stolze zwei Tage vorverlegen können. Robert wird blass im Gesicht und ich rot. Dennoch hilft die anschließende, engagiert geführte Diskussion nicht weiter. Hier steht alles Kopf und nichts, rein gar nichts funktioniert so, wie es vor dem Erdbeben war.

Wieder in der Hotellobby angekommen, setze ich mich erneut an den Rechner und verfasse eine E-Mail an unsere Reiseagentur.
Ich hoffe, dass unser guter Freund und immer verlässlicher Ansprechpartner Heinz von Deutschland aus mehr erreichen kann. Und bis dahin werden wir weiter versuchen aus der Lage das Beste zu machen. Morgen starten wir erneut einen Versuch am Flughafen. Nur nicht verzagen. Aus den Folgen der Vorkommnisse das Beste zu machen und zuversichtlich zu sein, das ist das Motto der Stunde.

„Vorkommnisse liegen außerhalb menschlicher Kontrolle, jedoch unser Handeln liegt in unserer eigenen Macht.“

Benjamin Disraeli

Am 6. Mai machen Robert und ich in einem Nebengebäude des Flughafens Büroräume ausfindig, in denen sich die Fluggesellschaft der Vereinigten Arabischen Emirate niedergelassen hat. Bis es soweit ist, bringen wir eine spannende Erkundungstour durch einen halbleeren Bürokomplex hinter uns und gelangen über verschachtelte Gänge und mehrere Treppenhäuser endlich in einen sauber aufgeräumten Empfangsraum. Die Mitarbeiter im Empfangsbereich strahlen uns freundlich an und sind überaus hilfsbereit. Es dauert keine halbe Stunde, bis uns zeitnahe Flüge angeboten werden.
Wir reservieren zwei Tickets für einen Flug von Kathmandu nach Abu Dhabi und von Abu Dhabi weiter nach Frankfurt am Main. Abflug ist der 8. Mai um 20:00 Uhr, also bereits in zwei Tagen!
Nach einigen Anlaufschwierigkeiten hinsichtlich der Bezahlung überweist meine Firma den Betrag für Robert und mich. Alles scheint nun in trockenen Tüchern und wir können unser Glück kaum fassen.

7. Mai, mein 51.ster Geburtstag und in mancher Hinsicht nicht der einzige Geburtstag, den ich künftig begehen kann. Heute ist der letzte Tag vor dem Rückflug.

Ganz allmählich findet eine gewisse innere Entspannung statt, obwohl um uns herum die bedrückte Stimmung zu spüren ist und die Folgen des Erdbebens nicht zu übersehen sind.

Überall ähnliche Bilder: Verwüstete Straßen, zerstörte Häuser, Berge mit Bauschutt.

Im nur 16 Kilometer entfernten Bhaktapur sieht es noch schlimmer aus als vermutet.
Ich schätze, dass mehr als 80 % der eindrucksvollen Sehenswürdigkeiten schwer beschädigt oder völlig zerstört sind. An meinen letzten Besuch auf dem Dharahara-Turm, der im 18ten Jahrhundert zu Ehren für die Königin von Nepal gebaut wurde, erinnere ich mich noch gut. Jetzt ragt nur noch ein zwei Meter hoher Stumpf in die Höhe.
In vielen Straßen klaffen Risse, die mitunter fast zwei Meter breit sind und überall sehen wir Absperrungen, hinter denen sich Haufen mit Bauschutt befinden.
Von Tsherings Familie, die wir vor dem Flug nach Lukla besuchen, hören wir nichts.
Auch nicht von all den anderen Freunden und Bekannten. Vor dem Schmuckgeschäft, in dem wir in lustiger Runde zusammensaßen, türmt sich ein großer Berg roter Backsteine.
Am späten Nachmittag finden wir ein nettes Restaurant in der Nähe des UNICEF-Hauptsitzes und lassen den Tag ausklingen. Morgen geht es zurück in die Heimat.

Zu guter Letzt

8. Mai. Wir finden uns am Tribhuvan International Airport von Kathmandu kaum zurecht. Die Zustände hier sind immer noch im Krisenmodus. Vor dem Hauptterminal ist jede Menge nepalesisches Militär zu sehen, das Terminal selbst ist völlig überfüllt. Bereits bei der Ankunft wird mir klar, dass heute Abend erneut meine Geduld auf die Probe gestellt wird.

Wir treffen etwa vier Stunden vor dem Abflug ein. Sicher ist sicher. Vor den Abflugschaltern stehen, liegen und sitzen große Menschenansammlungen und warten darauf, ihr Gepäck abzugeben.
In der ersten Stunde haben wir den Eindruck, dass zwar immer mehr Fluggäste in das Gebäude strömen, sich jedoch im Anfertigungsbereich nichts tut. Nach einer weiteren Stunde sind wir unserem Schalter gefühlt keine 20 Meter nähergekommen. Immerhin bewegen wir uns, wenn auch sehr langsam.
Der Flug von Kathmandu nach Abu Dhabi dauert etwa 5 Stunden. In Abu Dhabi haben wir 2 Stunden Aufenthalt, bis wir nach Frankfurt am Main weiterfliegen.
Noch ist also alles im grünen Bereich. Nach einer weiteren Stunde ist das Reisegepäck endlich eingecheckt und wir werden durch die Sicherheitskontrolle durchgeschleust.

Ein hochkonzentriert wirkender junger Soldat greift in die Schale, in der sich mein persönlicher Kleinkram befindet, holt ein kleines Gasfeuerzeug aus Metall heraus und mein Mini-Schweizer-Messer (ein Glücksbringer, der mich auf etlichen Reisen begleitete) und wirft beides ohne eine Miene zu verziehen in einen Mülleimer. Ich sage keinen Ton und gehe brav weiter.
Im Wartebereich kommt uns der durchdringende Triebwerks-Lärm einer Transportmaschine der US Air Force entgegen. Ich werfe durch die stark verschmutzte Glasfront einen Blick nach draußen und staune über die Ausmaße des bedrohlich wirkenden oliv-grünen Ungetüms. Wenig später nimmt hinter uns eine Einheit der chinesischen Armee Aufstellung. Ein Unteroffizier lässt die Reihe abzählen.

Einheit der chinesischen Bodenstreitkräfte im Ankunfts-Terminal .

Es dauert keine 5 Minuten, dann strömen weitere Soldaten herein, ich glaube australische Abzeichen zu erkennen. Die Truppe macht einen etwas entspannteren Eindruck und läuft in Windeseile an uns vorbei.
Augen sowie Ohren werden einer regelrechten Reizüberflutung ausgesetzt und die Luftqualität ist äußerst schlecht.
Besorgt blicke ich immer wieder auf eine der Anzeigetafeln. Unser Flugzeug müsste in einer halben Stunde starten, doch nichts passiert. Um 20:15 Uhr knarrt eine Durchsage aus den Lautsprechern: „... Etihad Flight EY17 to Abu Dhabi ... departure 8:05 pm ... is expected to be 40 minutes late." Nach dieser Information zu unserem Flug vergeht eine geschlagene Stunde, dann kommt eine neue Durchsage: „... your attention please ... new departure time of Etihad Flight EY17 to Abu Dhabi ... 9:30 pm." Wir haben folglich in Abu Dhabi nur noch 30 Minuten Aufenthalt. Doch es soll schlimmer kommen.

Noch drei weitere Verspätungsdurchsagen folgen und so sitzen Robert und ich erst um 22:30 Uhr im Flugzeug.

Es ist geschafft! Wir fliegen durch die Nacht, einerseits froh gesund herausgekommen zu sein und andererseits bangend ob des Anschlussflugs in Abu Dhabi.
In Abu Dhabi überrascht uns die erfreuliche Nachricht, dass der Flug nach Frankfurt Verspätung hat.
Den Anschlussflug zu bekommen kann gelingen, wenn wir uns beeilen. Allerdings ist die Ankunft bereits lange vor der Sicherheitskontrolle mehr als ernüchternd. Erneut stehen wir vor einer großen Menschentraube.

Wenn wir uns hier einreihen und warten bis wir an der Reihe sind, verpassen wir den Weiterflug.

„Walter, das war´s. Heute übernachten wir in Abu Dhabi am Flughafen, außer …“
Bevor er weitersprechen kann, unterbreche ich ihn, wir haben den gleichen Gedanken: „Weißt Du, es ist mir gleich, ob ich heute hier übernachte, aber lass es uns wenigstens versuchen. Rein ins Gewühl und durchgepresst …“
„Los!“
Ich stürme, dicht gefolgt von Robert, in die Menge, als gelte es eine Festung zu erobern und schiebe, presse, dränge mich in Rüpelmanier an den Wartenden vorbei, die mir teils erboste, verständnislose wie auch erstaunte Blicke zuwerfen. Der höfliche Gentleman in mir weicht dem groben, kroatischen Bauernjungen und mein schlechtes Gewissen macht sich bemerkbar, indem ich die ganze Zeit laut um Entschuldigung bitte: „sorry … sorry … we have an emergency … I do apologize…“.
Wir sind derart in der Flucht nach vorn begriffen, dass wir beinahe die Sicherheitskontrolle nicht bemerken. Im letzten Augenblick kommen wir schnaufend zum Stehen, die wenigen Minuten dort erscheinen mir wie eine kleine Ewigkeit. Danach rennen wir weiter, rennen und rennen. Der Schalter ist in Sicht und aus dem Gesichtsausdruck des Etihad-Mitarbeiters glaube ich lesen zu können: „Jungs, beeilt euch, die Türen schließen gerade."
Um 21:15 Ortszeit sitzen wir in einem Flugzeug der Etihad Airways, das uns sicher nach Deutschland zurückbringen wird.

Drei Tage später erschüttert Nepal ein erneutes Beben mit der Stärke 7,5. Im Anschluss daran erfolgen sieben Nachbeben. Das letzte Beben, mit dem Epizentrum Kathmandu, findet am 22. Juli mit der Stärke 4,6 statt.

Im Leben eines fast jeden Menschen gibt es Erfahrungen, die einen Wendepunkt oder zumindest einen wichtigen Einschnitt darstellen. Die Geburt eines Kindes, eine Krankheit, der Verlust eines geliebten Menschen oder dramatische Ereignisse in der Außenwelt wie zum Beispiel Kriege oder Naturkatastrophen. Verlust spielt dabei immer eine zentrale Rolle und gibt uns die Möglichkeit für eine im wörtlichen Sinn unbeschwerte Betrachtungsweise. Wenn man siebentausend Kilometer von der Heimat entfernt im Hochgebirge in einem kleinen Regionalflughafen eingeschlossen ist, nicht weiß, ob und wann man herauskommt, dann spielt es plötzlich keine Rolle mehr, ob die Auftragseingänge im Unternehmen zufriedenstellend sind, die Steuererklärung fertiggestellt ist oder der Rasen vom Nachbarn schöner aussieht. Es wird leicht in den Gedanken. Der Rucksack des Lebens, dessen schweres Gewicht uns niederdrückt und den Blick nach unten lenkt, ist mit einem Mal angenehm leicht und ermöglicht eine gerade Haltung, nebst erhobenem Haupt.
Dadurch ist der „Blick nach oben“ frei und auch die Schau ins eigene Innere ungetrübter. Was treibt mich wirklich an und macht mich glücklich? Es kommen die „Motive hinter den Motiven“ zum Vorschein und leiten Veränderungen ein, die nicht immer von Freunden, Kollegen oder Familienmitgliedern zu verstehen sind. Doch das Herz hat Gründe, die der Verstand nicht kennt.

In den darauffolgenden Jahren verwirkliche ich meinen Traum und bringe das Kinderbuch „Buch der Zauberer, Zwerge, Riesen, Ritter und Geheimnisse“ in deutscher und englischer Sprache heraus.
Es folgt der Abschluss eines 2-jährigen Fernstudiums zum Wirtschaftsmediator. Erste Erfahrungen als Keynote Speaker bestärken mich in meiner Vorliebe, Zuhörer zu „entflammen“.
Um die Erfahrungen und, auf menschlichem Ansatz basierenden, Erfolgsrezepte meiner Berufslaufbahn ungefiltert und effizient weiterzugeben, gründe ich die Firma „Beyond Sales“, nach dem gleichnamigen Buch „Beyond Sales, Sales Essentials and Principles for Sales Success“.
Auch im Privatleben gibt es viel Bewegung. Am 28. März 2017 heirate ich zum zweiten Mal; meine Lara und ich geben uns das Ja-Wort.

Vieles wünscht sich der Mensch und
doch bedarf er nur wenig.

Johann Wolfgang von Goethe

Erkenntnisse

Der Aufenthalt unter den schwierigen Bedingungen, die in Folge des Erdbebens zu bewältigen waren, hat einige meiner Prinzipien wiederbelebt und auch neue Betrachtungen gebracht. Manche Werte relativieren sich und andere entpuppen sich als Trugschluss. Die nachfolgenden sieben Punkte sind keine Theorie mehr, sondern durch eigenes Erleben persönliche Überzeugung geworden:

1. Mag die Situation auch noch so herausfordernd erscheinen, gib nie, wirklich niemals auf.

2. Lerne das Loslassen und akzeptiere das, was ist. Es wird sich alles fügen. Sich zu verbissen auf ein Ziel zu konzentrieren, verengt den Blick und schränkt die eigene Handlungsfähigkeit ein.

3. Streiche den irrigen Gedanken, als einzelner machtlos zu sein. Es lohnt allemal, eine kleine Fackel des Lichtes in der Dunkelheit zu sein, anstatt sich über die Dunkelheit zu beklagen. Jeder Einzelne besitzt die Macht, durch seine Gedanken und Taten, Gleichgeartetes magnetisch anzuziehen.

4. Verweile gedanklich nicht so sehr, in dem was war oder was vielleicht sein mag. Der einzige Zeitpunkt, an dem das Leben wirklich stattfindet, ist genau Jetzt!

5. Pflege Freundschaften. Jeder wird Zeiten erleben, in denen er froh ist, einen Menschen an seiner Seite zu haben, mit dem er lachen, weinen, und reden kann.

6. Befreie Dich von Energieräubern. Deine Aufgabe ist es frei zu sein, verkaufe (versklave) weder Dein Gewissen noch Deine Lebenszeit für Ziele, für die es sich nach Deinem Empfinden nicht zu kämpfen lohnt.

7. Bewahre Deine Selbstachtung und erkenne Deinen Wert. Jeder ist ein Genie, doch wenn Du einen Fisch danach beurteilst, ob er auf einen Baum klettern kann, wird er sein ganzes Leben glauben, dass er dumm ist.

Nachwort

Im Jahr 2015 beende ich meine Zeit als Reisender ins „Land der Bergriesen“. Was bleibt also? Ich stelle mir diese Frage viele Male.

Als eine meiner wichtigsten Einsichten nehme ich mit, dass unser Leben sehr fragil ist. Mit jedem Moment kann hier alles vorbei sein, unverhofft, ungeplant und im schlimmsten Fall unvorbereitet für das, was danach kommt. Nach meinem Dafürhalten steht fest, dass die vor allem in der westlichen Hemisphäre weit verbreitete Meinung, nach dem Tod sei „alles aus“, jeder Vernunft und jedem logischen Daseinszweck widerspricht. Geburt und Tod, Tod und Geburt sind stetiger Bestandteil im Kreislauf unseres Daseins und dienen in erster Linie dazu, jene Schätze anzuhäufen, die auch in einer jenseitigen Welt Bestand haben.
Die verstandesmäßige Berechnung aller Dinge nach Kosten und Nutzen scheint in großer Not wie weggeblasen zu sein und gerade im Angesicht großen Verlusts können sich Tugenden entwickeln, die ansonsten nie oder nur sehr selten zum Vorschein kommen. Dieselben Hindus und Moslems, die sich darüber streiten, an welcher Stelle im Ort wessen Tempel gebaut wird, helfen sich gegenseitig bis zur totalen körperlichen Erschöpfung beim Ausgraben verschütteter Familienangehörigen. Nepalesen, die ich nie zuvor in meinem Leben gesehen habe, schenken mir Obdach, Essen und Zuversicht.
Die Katastrophe liegt zwar lange hinter mir, aber die Erinnerung bleibt und hat mich verändert.

Noch heute denke ich an Freunde und Bekannte zurück, die den Ereignissen zum Opfer fielen, höre sie sprechen, lachen, singen. Aber auch Menschen, die mir nur kurz begegnet sind, gelten meine Gedanken. Wie mag es ihnen heute wohl gehen? Es kommt vor, dass ich mit Freunden in einem Straßencafé sitze und plötzlich auf die Straße rennen will, sobald der Tisch, aufgrund eines vorbeifahrenden Lasters, leicht zu vibrieren beginnt. Fünf Jahre sollen vergehen, bis ich endlich den Mut aufbringe, den vorliegenden Reisebericht zu schreiben. Trotzdem denke ich gerne an die Zeit in Nepal zurück, bin dankbar für alle Erlebnisse die ich machen durfte und es mag vielleicht ein wenig verrückt klingen, aber das Erdbeben im Himalaya bestärkt mich in meiner Überzeugung, dass am Ende immer alles gut wird.

Die gefährlichste aller Weltanschauungen ist die Weltanschauung der Leute, welche die Welt nicht angeschaut haben.

Alexander von Humboldt

Stichwortverzeichnis

Achttausender
Berg mit einer Höhe über 8.000 Meter ü. d. M. In Nepal liegen insgesamt acht Achttausender:
1. Mount Everest (8.848 m),
2. Kangchendzönga (8.586 m),
3. Lhotse (8.516 m),
4. Makalu (8.485 m),
5. Cho Oyu (8.188 m),
6. Dhaulagri (8.167 m),
7. Manaslu (8.163 m),
8. Annapurna (8.091 m).

Acetazolamid
Auch bekannt als Acemit oder Glaupax. Synthetischer Stoff, u.a. zur Senkung von Hirndruck u. Blutdruck. Einsatzgebiet ist u.a. die vorübergehende Behandlung der Höhenkrankheit.

AMS
Acute Mountain Sickness. Höhenkrankheit. Tritt vorwiegend beim Aufenthalt in großen Höhen auf. Begleiterscheinungen sind starke Kopfschmerzen, Müdigkeit, Übelkeit, Erbrechen, Atemnot und Schwindel. Nichtbeachtung der Symptome endet tödlich, meist durch Hirn- oder Lungenödem.

Bodnath, बौद्धनाथ
Vorort von Kathmandu und wichtiges Pilgerziel für Buddhisten.

Ehemaliger Aufenthaltsort des Dalai Lama. Mit einer Höhe von 36 Metern gehört Bodanaths Stupa zum größten Bauwerk seiner Art.

Buddha Eyes
Deutsch: Buddhas Augen. Das Augenpaar, mit dem u.a. die vier Seiten des Hauptturms der Stupas bemalt sind, symbolisieren die Allwissenheit Buddhas. Die Augen Buddhas sollen die Anhänger des Buddhismus daran erinnern, moralisches Verhalten zu praktizieren, zu meditieren, rituelle Opfergaben zu erbringen und das Gefühl des Einfühlungsvermögens sowie der Liebe mit allen Lebewesen zu praktizieren.

Dal Bhat, दालभात
Alltagsgericht der südasiatischen Küche, bestehend aus Reis, Linsensuppe und Gemüse.

Dudh Kosi, दुधकोशी नदी
Wildwasserfluß in der Khumbu Region Himalaya.

Gebetsmühle
Auch: Mani-Rad. Drehbarer hohler Holz- oder Metall-Zylinder auf einer Spindel.
Buddhisten drehen die Gebetsmühle, während des Gehens oder ruhend, im Uhrzeigersinn und murmeln dazu das Mantra „Om Mani Padme Hum“.

Gurkhas, गोरखाली
Nepalesische Soldaten, hauptsächlich im Dienst der britischen Armee sowie der indischen Streitkräfte. Die Tapferkeit und Zähigkeit der Gurkhas ist legendär. Bekannt ist der Ausspruch des englischen Generalfeldmarschalls Sam Manekshaw, Zitat: “If a man says he is not afraid of dying, he is either lying or is a Gorkha”.

Himalaya
Das höchste Gebirgssystem der Erde liegt zwischen Indien und Tibet. Es erstreckt sich von Pakistan bis Burma auf eine Länge von 3.000 Kilometern und erreicht eine Breite von bis zu 350 Kilometern.
Nachfolgende Abbildung: Blick vom Gipfel des Kalar Patthar. Da er „nur“ 5.675 m hoch ist, zählt der Kala Patthar in Nepal offiziell nicht zu den Bergen.

Klangschale
Schale aus Bronze, die auf fast allen größeren Märkten in Nepal zu finden ist und angeschlagen oder angerieben Töne erzeugt. Beliebt ist ihr Einsatz u.a. in der Klangtherapie.

Khumbu
Region des Himalaya an der Grenze zu Tibet. Im Khumbu (auch Khumbu Himal) liegt der Sagarmatha-Nationalpark mit dem Mount Everest. Die Bevölkerungsmehrheit bildet die Volksgruppe der Sherpas.

Lodge
Touristische Unterkunft oder Schutzhütte in großen Naturreservaten.

Nächste Seite: Typische Lodge im Hochgebirge.

Lukla
Ort auf 2.860 Metern Höhe in der Khumbu-Region und Sitz des gleichnamigen Flughafens, auch Tenzing Hillary Airport. Bekannt als einer der gefährlichsten Flugplätze weltweit.

Mani Stein
Mit heiligen Texten oder Gebetsformeln gravierter, beschrifteter, bemalter Stein oder Steinplatte. Wird von tibetischen Buddhisten bei Tempeln, Stupas, Chörten und Klöstern, aber auch an Wegkreuzungen und Passhöhen hinterlassen. Im Laufe der Zeit entstehen auf diese Weise Manisteinhaufen, Wälle und Mauern.

Abbildung S. 166: Mani-Stein, davor Gebetsmühle, deren Drehung nur im Uhrzeigersinn erfolgen darf.

Momo, म:म:;
Gefüllte Teigtasche, die hauptsächlich in der Region des Himalayas, Tibets und Indien hergestellt wird.

Mount Everest, सगरमाथा
Höchster Berg der Erde (8.848 m).
Auf Nepali “Stern des Himmels”. Tibetisch: “Mutter des Universums”, ཇོ་མོ་གླང་མ

Namasté
Auf Nepali: Guten Tag / guten Abend / auf Wiedersehen

Nepali, नेपाली
Auch Nepalesisch, Amtssprache in Nepal.

Nachfolgende Abbildung: Ausschnitt einer Regionalzeitung, Kathmandu.

गोरखापत्र

बीमा समिति

न्त्रिपरिषद् विस्तार

पत्रकार महासङ्घ अध्यक्षमा माउले

बस दुर्घटनामा

व्यवस्थापिक

संसदीय सुनुवाइ

NPR
Nepalesische Rupie. 1.000 NPR entsprechen etwa 8 US Dollar.

Namche Bazaar, नमच बजर
Hauptort des VDC Namche in der Khumbu-Region.

Omni mani pah me om
Bekanntester, heiliger Vers im Buddhismus, in Sanskrit: ॐमणिपद्मेहूँ, Tibetisch: ཨོཾ་མ་ཎི་པ་དྨེ་ཧཱུྃ

Pagode
Mehrgeschossiges, turmartiges Bauwerk. Die einzelnen Geschosse sind durch Dachvorsprünge voneinander getrennt sind. Pagoden sind in Vietnam, China, Kambodscha, Japan, Korea und Nepal zu finden.

Eine der zahlreichen Pagoden in Kathmandu Stadt.

Pashmina

In Nepal hergestellte Textilien, vorwiegend für Schals, die aus reiner Kaschmirwolle oder einem Kaschmir-Seide-Gemisch bestehen. Pashmina aus Nepal hat i.d.R. einen Anteil von 75%-Kaschmir und 25%-Seide.

Porter

Lastenträger, die Gepäck, Bergsteigerausrüstung oder Waren des täglichen Lebens transportieren.

Richterskala

Maß zur Messung der Stärke von Erdbeben. Oberhalb der Stärke von 6,5 ist die Richterskala für die seismographische Aufzeichnung nicht mehr geeignet, da sich die exponentielle Kraftausbreitung nicht linear darstellen lässt.

Bei schwereren Erdbeben wird daher die sog. Magnituden-Skala bevorzugt, deren Skalenende in der Theorie bei 10,6 liegt und dabei vom völligen Auseinanderbrechen der Erdkruste ausgeht.

Rikscha
Von Menschen gezogenes, zweirädriges Gefährt; in den schmalen, überfüllten Gassen Kathmandus beliebtes Mittel zur Personenbeförderung.

Sanskrit, संस्कृत
Begriff für sprachliche Ausprägungen des Alt-Indischen, wobei deren älteste Gestaltung (die „Veden“) über 3.500 Jahre alt ist. Zahlreiche überlieferte religiöse, philosophische und wissenschaftliche Texte sind in Sanskrit verfasst.

Sherpa, शेर्पा
Sinngemäße Bedeutung „Ostvolk“. Wanderten vor ca. 450 Jahren in den Himalaya ein. Religion ist meist buddhistisch. Heute gibt es etwa 180.000 Sherpas, die hauptsächlich in Osten Nepals sowie in den grenznahen Regionen Chinas und Indiens leben.

Sherpa
Zur Volksgruppe gleichnamige Bezeichnung einer Sprache, die im Himalaya, auch anderen Teilen Nepals und den grenznahen Regionen Chinas sowie Indiens, vor allem von dem Volk der Sherpa, gesprochen wird.

STOL
„Short Take-Off and Landing", zu Deutsch: Kurzstart und -landung. Voraussetzung für Flugzeuge die Lukla anfliegen ist, auf sehr kurzen Strecken starten und landen zu können. Insbesondere für Lukla sind ausschließlich diese Flugzeugtypen geeignet.

Stupa
Bauliches Symbol für Buddhas Lehre in Form einer Halbkugel auf einem quadratischen Sockel, ohne Fenster und Türen, mit einer Spitze die in Richtung Himmel zeigt. Einige Stupas in Nepal sind über 2.000 Jahre alt. In Sanskrit: स्तूप

Tengboche

Dorf auf 3.860 m, das in der Khumbu-Region liegt. Das buddhistische Kloster von Tengboche, auch Dawa Choling Gompa, ist das wichtigste religiöse Zentrum des Khumbu.

Kloster Tengboche.

Thamel, ठमेल

Stadtviertel in Nepals Hauptstadt Kathmandu und touristisches Zentrum mit einer Vielzahl von Geschäften, in denen von Kunsthandwerk bis Bergsteigerausrüstung fast alles zu kaufen ist. Wegen seiner Restaurants und Cafés, der Live-Musik und anderen Attraktionen wird Thamel von Touristen ebenso gern besucht wie von Einheimischen.

Tsampa, རྩམ་པ་ (Tibetisch)

Tibetisches Grundnahrungsmittel, vorwiegend aus Mehl von gerösteter Gerste hergestellt.

VDC, गाउँ बिकास समिति

Village Development Committees, unterste Verwaltungsebene in Nepal.

Yak, चौंरी गाई

Auch tibetischer Grunzochse genannt. In Zentralasien verbreitete Rinderart. Yak-Bullen erreichen ein Gewicht bis zu einer Tonne und vertragen Temperaturen bis -40 °C.

Yeti

Yeti oder Schneemensch ist bei den Sherpas die Bezeichnung für ein zweibeiniges, behaartes Fabelwesen, das sich in hohen Lagen des Himalaya aufhält. In Tibet wird der Yeti als Gletschermann bezeichnet. Eine kleine Volksgruppe des östlichen Himalayas, die Lepcha, nennen ihn Schneegeist. Der Yeti wird als knapp drei Meter groß und über 200 Kilogramm schwer beschrieben.

Auf Expeditionen bis 7.000 Meter Höhe wurden über weite Strecken 43 Zentimeter lange Fußabdrücke nachgewiesen, die man keinem bekannten Tier eindeutig zuordnen konnte. Sowohl Lepcha als auch Tibeter beschreiben den Yeti als Affentier mit einem eiförmigen, spitz zulaufenden Schädel und rötlicher Behaarung.
Der Bergsteiger Reinhold Messner vertritt in seinem Buch „Yeti – Legende und Wirklichkeit" die Auffassung, dass der Yeti mit dem Tibetbären identisch sei. Einige Wissenschaftler, wie z.B. der Kryptozoologe I. T. Sanderson, halten es für möglich, dass Yetis eine affenartige Sondergattung darstellen.

Falls Sie mehr über den Autor erfahren wollen …

www.vugrin.de
www.beyond-sales.eu
www.maerchen-welten.com

Memos

नेपाल सरकार

अर्थ मन्त्रालय

आन्तरिक राजस्व विभाग, लाजिम्पाट

करदाता सेवा कार्यालय स्थापना र संचालन सम्बन्धी सूचना

करदाताको घरदैलो नजिक करदाता सेवा पुऱ्याउने उद्देश्यले नेपाल सरकारको निर्णयानुसार काठमाण्डौ जिल्लाभित्र देहायका कार्यक्षेत्र सहित करदाता सेवा कार्यालयहरू स्थापना गर्ने कार्यक्रम अनुसार करदाता सेवा कार्यालय, महाराजगंज, नयाँ सडक र ठमेलबाट मिति २०६८।०१।१९ देखि कार्य प्रारम्भ भएको छ । अन्य करदाता सेवा कार्यालयहरू क्रमशः सञ्चालनमा आउने अवस्थामा रहेका छन् । तपसिलमा उल्लेखित कार्यक्षेत्रमा पर्ने करदाताहरूको दर्ता र कर संकलन सम्बन्धी सम्पूर्ण कार्य आगामी आ. ब. देखि सोही करदाता सेवा कार्यालयबाट मात्र संचालन हुने र चालू आ. ब. को हकमा हाल कायम रहेका आन्तरिक राजस्व कार्यालय तथा सम्बन्धित करदाता सेवा कार्यालय दुवै बाट प्रदान हुने भएकोले आफूलाई पायक पर्ने उक्त कार्यालयबाट सेवा प्रा[illegible] र्नुहुन र थप जानकारीको लागि सम्बन्धित आन्तरिक राजस्व कार्यालय वा [illegible] सेवा कार्यालय[illegible] सम्पर्क गर्नुहुन वा विभागको वेभसाइट www.ird.gov.np [illegible] सम्बन्धित [illegible] जानकारीको लागि अनु[illegible] छ ।

आन्त[illegible] राजस्[illegible] [illegible]लय	करदाता सेव[illegible]	[illegible]र्यक्षेत्र
काठ[illegible] क्षेत्[illegible]	करदाता से[illegible] महालक्ष्मी [illegible]	नपा[illegible] २३[illegible]
ब[illegible]	करदाता से[illegible] पाठा, ठ[illegible]	[illegible]
	[illegible]दाता [illegible] राजग[illegible]	

Printed in Poland
by Amazon Fulfillment
Poland Sp. z o.o., Wrocław

82322323R10101